ASSIA PETRICELLI E SERGIO RICCARDI

CATTIVE RAGAZZE

15 STORIE DI DONNE AUDACI E CREATIVE

ALLE NOSTRE MAMME

A TUTTE LE RAGAZZE
CHE LEGGERANNO
QUESTE PAGINE

sinnos

PREMIO ANDERSEN
MIGLIOR LIBRO A
FUMETTI 2014

GRAZIE A MARIANNA PETRICELLI, DELLA PASSARELLI, SARA QUARESIMA, GIOVANNA DIPALMA, ROSA LO NIGRO, CHIARA GUIDA, BRUNE SEBAN E A TUTTE LE ALTRE DONNE CHE HANNO ARRICCHITO QUESTO LIBRO CON I LORO PREZIOSI SUGGERIMENTI.

ASSIA PETRICELLI È AUTRICE DI DOCUMENTARI E PRODOTTI AUDIOVISIVI DI *EDUTAINMENT* PER RAGAZZI E ADULTI. APPASSIONATA DI OGNI FORMA DI NARRAZIONE PER IMMAGINI, HA INIZIATO A SCRIVERE SCENEGGIATURE DI FUMETTI PER RIVISTE CARTACEE E PER IL WEB.

SERGIO RICCARDI, DOPO ESPERIENZE COME SCENOGRAFO PER IL CINEMA E LA TELEVISIONE, LAVORA COME *CHARACTER DESIGNER*, ANIMATORE E *STORYBOARD ARTIST*. ALLO STESSO TEMPO ILLUSTRA LIBRI PER BAMBINI E FUMETTI (PER SINNOS, "SALVO E LE MAFIE" DI RICCARDO GUIDO).

Quarta ristampa

Sinnos Soc. Coop. Sociale – ONLUS
Via dei Foscari, 18 – 00162 Roma
Tel. 06.44240603 – fax 06.62276832
libri@sinnos.org – www.sinnos.org

ISBN 978-88-7609-249-7

Finito di stampare nel marzo 2017 dalla tipografia CSR – Roma

Questo libro utilizza la font *leggimigraphic*, nata nell'orbita delle font *leggimi* di Sinnos e appositamente disegnata per avvicinare lettori dislessici al fumetto.
leggimigraphic di Claudio Lappa e Anna Chiara Quinzi © Sinnos
Per maggiori informazioni: www.sinnos.org/fontleggimi

INTRODUZIONE

Quindici vite. Quindici storie che si svolgono in secoli e continenti diversi, così come diverse sono le passioni che le hanno animate. Quello che unisce le protagoniste di questi racconti è il loro essere donne. Non un piccolo particolare, ma una cosa che ti segna per sempre. La prima differenza tra gli esseri umani: si nasce maschi o femmine.
Un tempo questo poteva significare nascere liberi o con il destino già deciso. Oggi quasi ovunque non è più così. Nel secolo scorso i movimenti delle donne hanno cambiato tutto, e i desideri femminili sono diventati più forti. Ma il passato non passa facilmente, la libertà va scelta ogni giorno e ci chiede di essere tenaci e testarde.
Per questo le vite delle altre donne mi sono sempre piaciute. Non necessariamente come esempi da seguire, ma fa sentire più ricche e ricchi sapere che altre hanno aperto porte e abbattuto barriere anche per noi, che non bisogna ogni volta ricominciare daccapo. C'è un patrimonio di esperienze, di cultura, di racconti a cui attingere. Un po' di questo patrimonio è narrato in questo libro, per i ragazzi e le ragazze di oggi, che iniziano a scrivere la loro storia.
La libertà delle donne riguarda anche gli uomini, perché cambia anche la loro vita. La libertà delle donne si è espressa in tanti gesti, scelte e desideri, persino in secoli molto lontani dal nostro. Del resto le donne ci sono sempre state, dall'origine dell'umanità: anzi, non avrebbe potuto esservi la storia dell'umanità senza le donne. Bisogna diffidare delle storie che non le ricordano, perché nascondono una parte della realtà e non le rendono un buon servizio.
Scoprirai in questo libro che per Marie Curie non è stato facile dimostrare che anche lei, e non solo suo marito Pierre, meritava il Nobel per la ricerca sui fenomeni radioattivi. Oppure che per anni i film di Elvira Coda Notari nelle storie del cinema vennero attribuiti solo al marito. E che tante donne hanno lottato contro le dittature e per la libertà del proprio Paese. Nawal El Saadawi, che a 80 anni ha festeggiato la primavera araba ed è tornata nell'Egitto libero da Mubarak, o Miriam Makeba che è stata la voce del Sudafrica nel mondo. Per combattere con i garibaldini e liberare l'Italia Antonia Masanello si vestì da uomo. Perchè questo anche è successo, di dover nascondere la propria identità, magari dietro uno pseudonimo maschile, per poter firmare gli articoli come fece Nellie Bly, che inventò il giornalismo d'inchiesta.

Fingersi diverse, travestirsi da uomo per poter seguire i propri desideri. Non deve esser stato semplice, ma la voglia di giustizia o semplicemente di vivere è stata più forte dei pregiudizi. Così Alfonsina Strada, a cui un marito innamorato regalò per le nozze la sospirata bicicletta, nel 1924, prima e unica donna, partecipò al Giro d'Italia.
Le storie di questo libro sono storie di libertà, alcune famosissime altre meno note. Probabilmente nessuna di queste donne si pensava eccezionale, ma tutte erano determinate. Così, vivendo la propria vita hanno aperto strade nuove o mandato in frantumi tradizioni secolari, come Franca Viola, una ragazza della Sicilia degli anni '60 che rifiutò quel che allora si usava: il matrimonio "riparatore" di una violenza sessuale.
Inventrici di se stesse, rivoluzionarie, inviate speciali, scienziate, cicliste, registe. Eccole alcune delle donne che ci hanno preceduto. E ci sono stati uomini che non hanno avuto timore di amarle, queste donne libere e per alcuni un po' stravaganti. E probabilmente sono stati uomini felici, perché si sa, se non ne hai paura, la libertà è contagiosa.

CECILIA D'ELIA

OLYMPE DE GOUGES

(1748-1793)

DI LEI DISSERO CHE ERA PAZZA. AFFETTA DA "ISTERIA RIVOLUZIONARIA". DISSERO CHE NON SAPEVA NÉ LEGGERE, NÉ SCRIVERE, E CHE GLI AUTORI DELLE SUE OPERE ERANO IN REALTÀ I SUOI AMANTI. NON GLI BASTÒ AVERLA UCCISA, FECERO DI TUTTO PER CANCELLARNE LA MEMORIA.

IL SUO VERO NOME ERA MARIE GOUZE. IL PADRE ERA MACELLAIO E LA MADRE VENDITRICE DI ABITI USATI. IN REALTÀ ERA LA FIGLIA ILLEGITTIMA DI UN POETA.
A SOLI 17 ANNI LA FAMIGLIA LA COSTRINSE A SPOSARSI CON UN UOMO PER IL QUALE MARIE PROVAVA UNA PROFONDA RIPUGNANZA.
UN ANNO DOPO ERA GIÀ VEDOVA E CON UN BAMBINO APPENA NATO. GIURÒ DI NON SPOSARSI MAI PIÙ.
CONOBBE UN RICCO IMPRENDITORE, JACQUES BIÉTRIX DI ROZIÈRES, E SE NE INNAMORÒ.
MARIE, VUOI SPOSARMI?
PERCHÉ SPOSARCI, JACQUES? STIAMO TANTO BENE COSÌ. IL MATRIMONIO È LA TOMBA DELL'AMORE.
JACQUES LA PORTÒ CON SÉ A PARIGI, DOVE LE ASSICURÒ UNA VITA AGIATA. MARIE DECISE DI CAMBIARE NOME.
DA OGGI MI CHIAMERÒ **OLYMPE DE GOUGES!** NON CREDI CHE MI DONI?
TI STA ALLA PERFEZIONE, *MON AMOUR.*
OLYMPE SI INSERÌ NEI MIGLIORI SALOTTI INTELLETTUALI DI PARIGI, DOVE SI FECE NOTARE PER LA SUA BELLEZZA, LE BATTUTE ARGUTE E LE IDEE APERTE E ORIGINALI.
SONO CONVINTA CHE UN POPOLO NON POSSA DEFINIRSI LIBERO SE NON È LIBERO ANCHE CIASCUNO DEI SUOI MEMBRI.

SAPEVA DI NON AVER RICEVUTO UN'ISTRUZIONE ADEGUATA E SI VERGOGNAVA DI NON PARLARE BENE IL FRANCESE, ESSENDO ABITUATA A USARE IL DIALETTO DEL SUD.
INTENDO RECUPERARE IL RITARDO. LEGGERÒ E STUDIERÒ TANTO. VOGLIO IMPARARE LA LETTERATURA, LE SCIENZE, LA FILOSOFIA.
INIZIÒ A SCRIVERE: ROMANZI, SAGGI E SOPRATTUTTO OPERE PER IL TEATRO, LA SUA PASSIONE.
IL SUO NOME DIVENTÒ NOTO IN TUTTA PARIGI. QUALCUNO LA GIUDICAVA STRAVAGANTE, PER CERTE SUE ABITUDINI.
È UNA MANIACA, FA IL BAGNO TUTTI I GIORNI!
OH! CHE ASSURDITÀ!
ALTRI MISERO IN GIRO LA VOCE CHE FOSSE UNA DONNA DI FACILI COSTUMI E UN'APPROFITTATRICE.
NON SOLO HO CONOSCIUTO MADAME DE GOUGES **INTIMAMENTE**, SONO ANCHE IL VERO AUTORE DELLE SUE OPERE!
MA OLYMPE NON SE NE CURAVA. IN OGNI CASO AVEVA SEMPRE LA RISPOSTA PRONTA.
SONO IO QUELLA CHE DITE DI AVER CONOSCIUTO! E DI DONNE COME ME NON CE N'È NESSUN'ALTRA. UOMINI COME VOI INVECE SE NE TROVANO A MIGLIAIA.
CIÒ CHE INVECE LA FACEVA SOFFRIRE ERANO LE DIFFICOLTÀ CHE INCONTRAVA LA SUA OPERA *ZAMORE E MIRZA*, NELLA QUALE SI OPPONEVA ALLA SCHIAVITÙ DEI NERI NELLE COLONIE FRANCESI.
SE METTERETE IN SCENA QUELL'OPERA VERGOGNOSA, NOI COLONI NON VERREMO PIÙ A TEATRO. SARETE ROVINATO!

NEL 1789 SCOPPIÒ LA **RIVOLUZIONE**. LE DONNE EBBERO UN RUOLO DA PROTAGONISTE. FURONO ACCANTO AGLI UOMINI NELLA PRESA DELLA BASTIGLIA E IL 6 OTTOBRE MARCIARONO SU VERSAILLES.
OLYMPE ADERÌ CON ENTUSIASMO ALLA RIVOLUZIONE. SCRISSE DECINE E DECINE DI *PAMPHLET* E MANIFESTI CHE AFFIGGEVA NELLE STRADE DI PARIGI.
RECLAMAVA LA PARITÀ PER LE DONNE, LA LIBERTÀ PER GLI SCHIAVI, IL DIRITTO AL DIVORZIO, FABBRICHE DI STATO PER GLI OPERAI DISOCCUPATI E ASSISTENZA PER ORFANI E ANZIANI.
MA RIMASE DELUSA. LA *DICHIARAZIONE DEI DIRITTI DELL'UOMO E DEL CITTADINO* NON COMPRENDEVA LE DONNE, CHE RESTAVANO ESCLUSE DAL VOTO E SOTTOMESSE ALL'AUTORITÀ DI PADRI E MARITI.
DONNE, QUANDO SMETTERETE DI ESSERE CIECHE? GLI UOMINI NON VI CONCEDERANNO MAI I VOSTRI DIRITTI SVEGLIATEVI E PRENDETEVI CIÒ CHE VI SPETTA!
OLYMPE CREDEVA FERMAMENTE NEI VALORI DELLA RIVOLUZIONE. SCRISSE LA *DICHIARAZIONE DEI DIRITTI DELLA DONNA E DELLA CITTADINA* IN CUI RIVENDICAVA LA **TOTALE** UGUAGLIANZA.
LE DONNE POSSONO SALIRE SUL PATIBOLO. ALLORA DEVONO POTER SALIRE ANCHE ALLE PIÙ ALTE CARICHE DELLO STATO.
IN BREVE TEMPO OLYMPE, CON LE SUE POSIZIONI, FECE IL VUOTO INTORNO A SÉ. NON ESITÒ NEANCHE A SCAGLIARSI CONTRO IL CAPO DELLA RIVOLUZIONE, ROBESPIERRE. ARRIVARONO A MINACCIARLA SOTTO CASA.
BUONASERA, MADAME DE GOUGES!
MA ANCHE IN SITUAZIONI DEL GENERE NON LE VENNE MENO LA PAROLA.
A VENTIQUATTRO SOLDI, LA TESTA DI OLYMPE DE GOUGES! CHI LA VUOLE?
AMICO, LA PRENDO IO PER TRENTA.

QUANDO IL RE LUIGI XVI FU CONDANNATO A MORTE, OLYMPE SI OPPOSE. ERA CONTRARIA ALLA PENA DI MORTE E SEMPRE SCHIERATA DALLA PARTE DEL PIÙ DEBOLE.
LA RIVOLUZIONE DEVE DIMOSTRARE LA PROPRIA FORZA NON UCCIDENDO, MA RISPARMIANDO LE VITE. VI CHIEDO DI POTER DIFENDERE IL RE NEL PROCESSO A SUO CARICO.
L'ENNESIMA BATTAGLIA DI OLYMPE FINÌ PER COSTARLE IL CARCERE. CHIEDEVA DI INDIRE UN REFERENDUM PER SCEGLIERE LIBERAMENTE LA FORMA DI GOVERNO.
VOI AVETE COMPOSTO OPERE CHE ATTENTANO ALL'UNITÀ DELLA REPUBBLICA. INOLTRE AVETE INGIURIATO DEI RAPPRESENTANTI DEL POPOLO.
RIGUARDO A QUESTO, NON HO CAMBIATO OPINIONE.
OLYMPE DE GOUGES HA CREDUTO DI ESSERE UOMO DI STATO. LA LEGGE LA PUNISCE CON LA **PENA DI MORTE** PER AVER DIMENTICATO LE VIRTÙ CHE CONVENGONO AL SUO SESSO.
A MORTE! PUTTANA!
NEL SUO TESTAMENTO SCRISSE: "LASCIO IL MIO CUORE ALLA PATRIA, LA MIA ONESTÀ AGLI UOMINI, LA MIA ANIMA ALLE DONNE".

Nellie Bly

(1864-1922)

LA STORIA DI NELLIE BLY INIZIA IN UN MATTINO DEL 1885, QUANDO SUL PRINCIPALE GIORNALE DI PITTSBURGH ESCE UN ARTICOLO DAL TITOLO *PER COSA SONO BUONE LE RAGAZZE*. L'AUTORE SOSTIENE CHE LE DONNE SIANO NATE PER PULIRE, CUCINARE, CRESCERE BAMBINI E CHE SIA MOSTRUOSO PERMETTERE CHE LAVORINO. QUEL MATTINO L'ARTICOLO CAPITA NELLE MANI DI ELIZABETH COCHRAN, UNA RAGAZZA CON TANTI SOGNI PER LA TESTA E NEPPURE UN SOLDO IN TASCA.

IL GIORNO DOPO AL GIORNALE ARRIVÒ UNA LETTERA DI PROTESTA CHE DENUNCIAVA LA MISOGINIA DI QUELL'ARTICOLO E RACCONTAVA QUANTO FOSSE DIFFICILE PER UNA DONNA DI UMILI CONDIZIONI TROVARE UN LAVORO RISPETTABILE. LA LETTERA ERA FIRMATA...
ORFANELLA SOLITARIA!
IL DIRETTORE NE FU TALMENTE COLPITO DA FAR PUBBLICARE IMMEDIATAMENTE UN ANNUNCIO.
he Pittsburg Dispatc
ADDRESS O'NEILL & ROOK,
Publishers, Dispatch Job Building, Fifth Avenue, Pittsburg.
ORFANELLA, VIENI A TROVARCI. SIAMO PRONTI AD ASSUMERTI.
AFTER DARKNESS,THOUSANDS OF THE HOMELESS
FIND SHELTER. THOSE IN THE HOMES ON THE HILLS JUST
ONS AND AUTOMOBILES WERE HAULING THE THINGS
BELIEF IS FIRM THAT SAN FRANCISCO WILL BE TOTALLY
EVERYTHING IS RUIN. NCT A BUSINESS
OF THE NEWSPAPER PLANTS
DI LÌ A QUALCHE GIORNO UNA DONNA BUSSÒ ALLA SUA PORTA.
SONO ELIZABETH COCHRAN. L'ORFANELLA SOLITARIA.
OIBÒ! DUNQUE LEI NON È UN GIOVANOTTO!
DIREI DI NO, MISTER MADDEN.
IL DIRETTORE DEL GIORNALE SI ERA CONVINTO CHE SOLO UN UOMO POTESSE SCRIVERE COSÌ BENE! PER CUI RIMASE SBIGOTTITO QUANDO SI TROVÒ DI FRONTE UNA RAGAZZA.
E VA BENE! LE PROMESSE SONO PROMESSE! MA DEVI TROVARTI UN NOME D'ARTE: È SCONVENIENTE PER UNA DONNA FARE LA GIORNALISTA. CHE DICI DI NELLIE BLY?
NELLIE BLY. MI PIACE.
NELLIE BLY AVEVA APPENA 21 ANNI.

LA RAGAZZA LAVORÒ SODO, SFORNANDO INTERESSANTI INCHIESTE SUL MONDO FEMMINILE. MA BEN PRESTO IL DIRETTORE LA RELEGÒ ALLE PAGINE DI COSTUME, CONSIDERATE PIÙ ADATTE A UNA DONNA.
A SCRIVERE DI PIANTE E ABITI NELLIE SI ANNOIAVA DA MORIRE E COSÌ PRESE UNA DECISIONE...
Addio colleghi. Vado a New York. Sentirete parlare molto presto di me. Nellie
ANCHE A NEW YORK UNA GIORNALISTA DONNA ERA FANTASCIENZA. MA NELLIE SI PRESENTÒ AL NEW YORK WORLD DI JOSEPH PULITZER, UNA DELLE PIÙ IMPORTANTI TESTATE DELL'EPOCA, CON UNA STRANA PROPOSTA.
VOGLIO FARE UN'INCHIESTA SUL MANICOMIO FEMMINILE DI BLACKWELL ISLAND. MI FINGERÒ PAZZA E MI FARÒ INTERNARE.
AHAHAH! CHE IDEA BIZZARRA! MA SE CI RIESCI TI ASSUMO, PROMESSO.
NELLIE SI VESTÌ DI STRACCI E RIUSCÌ A OTTENERE UNA STANZA IN UN DORMITORIO FEMMINILE. LA SERA COMINCIÒ A DARE SEGNI DI STRANEZZA.
DOVE SONO? DOV'È IL MIO BAULE? RIDATEMI IL MIO BAULE.
MANDATEMI DUE UOMINI BELLI GROSSI E IN FRETTA. QUESTA È MATTA DA LEGARE.
HA PRESO LEI IL MIO BAULE!
È DEMENTE. NON CI RESTA CHE RICOVERARLA A BLACKWELL ISLAND.
LEI SA DOV'È IL MIO BAULE?

LA PRIMA COSA CHE NELLIE CAPÌ A BLACKWELL ISLAND FU CHE LÌ DENTRO QUALSIASI PERSONA ANCHE PERFETTAMENTE SANA DI MENTE SAREBBE IMPAZZITA. LE DONNE ERANO COSTRETTE A STARE TUTTO IL GIORNO IMMOBILI IN UNA STANZA VUOTA.
HO MALE ALLA SCHIENA. POSSO ALZARMI?
STAI SEDUTA! DRITTA E ZITTA!
IL CIBO E L'IGIENE ERANO PESSIMI. LE INTERNATE VENIVANO LAVATE CON SECCHIATE D'ACQUA GELIDA E SOTTOPOSTE A FEROCI TORTURE DA PARTE DEGLI INFERMIERI.
SPLASH
NELLIE SCOPRÌ ANCHE CHE, UNA VOLTA ENTRATE LÌ DENTRO, ERA IMPOSSIBILE USCIRNE. DAL GIORNO DEL RICOVERO SI COMPORTÒ IN MANIERA DEL TUTTO RAZIONALE, EPPURE IL PARERE DEI MEDICI NON CAMBIÒ.
È DEMENTE, COMPLETAMENTE DEMENTE.
UN CASO DISPERATO.
PER TIRARLA FUORI DOVETTE INTERVENIRE L'AVVOCATO DEL GIORNALE.
QUELLA RAGAZZA NON È AFFATTO PAZZA. È LA NOSTRA **MIGLIORE** REPORTER E DOVETE DIMETTERLA IMMEDIATAMENTE.
A SEGUITO DELLO SCANDALO SUSCITATO DALL'INCHIESTA DI NELLIE FU APERTA UN'INDAGINE.
TUTTE CONFERMATE LE ACCUSE DI NELLIE BLY. IL GOVERNO STANZIA NUOVI FONDI PER I MANICOMI. ULTIME COPIE!
NELLIE AVEVA APPENA INVENTATO UN NUOVO GENERE DI GIORNALISMO: **L'INCHIESTA SOTTO COPERTURA**. DIVENTÒ IL SUO MARCHIO DI FABBRICA.
A CONSACRARLA DEFINITIVAMENTE COME UNA DELLE PIÙ NOTE GIORNALISTE AL MONDO FU UN'ALTRA INCREDIBILE IMPRESA.
E ALLORA, COSA HAI IN MENTE QUESTA VOLTA?
VOGLIO FARE IL GIRO DEL MONDO. BATTERÒ IL RECORD DI 80 GIORNI DI FOGG, IL PERSONAGGIO DI JULES VERNE.

NON SE NE PARLA PROPRIO. UN DONNA NON PUÒ VIAGGIARE SOLA E POI DOVRESTI PORTARE CON TE TROPPI BAGAGLI. VOI DONNE AVETE TUTTE QUELLE COSE... CI MANDEREMO UN **UOMO**!
BENE. IO FARÒ IL MIO VIAGGIO PER UN ALTRO GIORNALE E BATTERÒ IL VOSTRO UOMO.
INUTILE DIRE CHE NELLIE LA SPUNTÒ CON PULITZER ANCHE QUESTA VOLTA.
IL 14 NOVEMBRE 1889 NELLIE BLY S'IMBARCÒ DA NEW YORK PORTANDO CON SÉ SOLO DUE VESTITI, MA DIMENTICÒ LA SUA MACCHINA FOTOGRAFICA.
CHE IDIOTA!
IN COMPENSO AVEVA PRESO UN GROSSO VASETTO DI CREMA PER IL VISO.
NELLIE RIMISE PIEDE A NEW YORK 72 GIORNI, 6 ORE, 11 MINUTI E 14 SECONDI DOPO LA PARTENZA. NON AVEVA SOLO VINTO LA SUA SFIDA, AVEVA ANCHE DIMOSTRATO AL MONDO CHE UNA DONNA PUÒ FARE **QUALSIASI COSA**.
NEGLI ANNI SUCCESSIVI NELLIE CONTINUÒ LE SUE INCHIESTE SCOTTANTI: RACCONTÒ LA VITA DEI CARCERATI, IL MONDO DELLA PROSTITUZIONE, LE BATTAGLIE OPERAIE. FU IN TRINCEA CON I SOLDATI PER TESTIMONIARE L'ASSURDITÀ DELLA PRIMA GUERRA MONDIALE.
È CONSIDERATA UNO DEI MIGLIORI CRONISTI DI TUTTI I TEMPI.
È SOLO SVELANDO LA VERITÀ DEI FATTI CHE SI POSSONO SPINGERE LE PERSONE AD AGIRE **PER CAMBIARE IL MONDO.**
UNA LEZIONE UTILE ANCHE PER IL PRESENTE.

ELVIRA CODA NOTARI

(1875-1946)

ELVIRA DA BAMBINA SOGNAVA DI FARE LA MAESTRA. OPPURE LA BALLERINA DI TARANTELLA. O ANCHE LA MODISTA. DI CERTO, IL GIORNO IN CUI ARRIVÒ A NAPOLI, NON IMMAGINAVA COME LA SUA VITA SAREBBE CAMBIATA.

NAPOLI LE SEMBRÒ ENORME E CAOTICA IN CONFRONTO ALLA SUA SALERNO.
E VOSTRO FIGLIO VINCENZO STA BENE?
TUTTA ROBA FRESCAAAAAA!!!
STA BENE, RINGRAZIANDO LA MADONNA.
VEDRAI CHE NAPOLI TI PIACERÀ.
AVREBBE VISSUTO LÌ, INSIEME ALL'UOMO CHE AVEVA APPENA SPOSATO.
NICOLA NOTARI ERA UN MODESTO PITTORE DI FOTOGRAFIA.
ALL'INIZIO DEL NOVECENTO NON ESISTEVANO LE PELLICOLE A COLORI E LE FOTO SI DIPINGEVANO A MANO.
ELVIRA SI OCCUPAVA DELLA CASA E DEI BAMBINI, MA LA VITA CASALINGA LE STAVA STRETTA.
SENTI NICOLA, HO AVUTO UN'IDEA. CON LE TUE CONOSCENZE DI FOTOGRAFIA POTRESTI LANCIARTI IN UN SETTORE **PIÙ REDDITIZIO**. SE VUOI, TI DO UNA MANO.
NON TI CAPISCO, ELVIRA. DI COSA STAI PARLANDO?
IL CINEMATOGRAFO, NICOLA. FACCIAMO IL CINEMATOGRAFO!
ELVIRA ERA UNA DONNA COLTA E SVEGLIA E AVEVA UNO STRAORDINARIO FIUTO PER GLI AFFARI. ERA IL 1905, IL CINEMA ERA STATO INVENTATO SOLO DA DIECI ANNI E LA SUA INDUSTRIA ERA IN FORTE ESPANSIONE.
NICOLA ED ELVIRA FONDARONO LA *DORA FILM* E CON I LORO RISPARMI ACQUISTARONO UNA CINEPRESA *PATHÉ*...
FUNZIONA!

...E COMINCIARONO A PRODURRE I PRIMI FILM...
NICOLA SI OCCUPAVA DELLE RIPRESE E DEGLI ASPETTI TECNICI, MENTRE ELVIRA SCRIVEVA LE SCENEGGIATURE E CURAVA LA REGIA. ERA LA PRIMA REGISTA DONNA D'ITALIA.
MOTORE! AZIONE!
POICHÉ NON AVEVANO ABBASTANZA SOLDI PER GLI STUDI DI POSA E LE LUCI, GIRAVANO TUTTE LE SCENE NELLE STRADE E NEI CORTILI DELLA CITTÀ. GLI ATTORI ERANO NON PROFESSIONISTI, IL FIGLIO EDOARDO, FAMILIARI E AMICI.
SEBBENE LA SOCIETÀ FOSSE INTESTATA A NICOLA, ERA ELVIRA A TENERE SALDAMENTE LE REDINI CON IL SUO PIGLIO DECISIONISTA. LA TROUPE LE AVEVA AFFIBBIATO UN SIGNIFICATIVO SOPRANNOME.
È FINITA LA PACCHIA. ARRIVA LA MARESCIALLA!
DAI SUOI ATTORI ELVIRA PRETENDEVA UNA RECITAZIONE REALISTICA, MOLTO DIVERSA DA QUELLA ARTIFICIOSA DEL CINEMA DELL'EPOCA. PER OTTENERLA FONDÒ UNA SCUOLA DI ARTE DRAMMATICA CHE DIRIGEVA LEI STESSA.
UN VERO ATTORE SENTE TUTTE LE EMOZIONI DEL PERSONAGGIO, SOFFRE E GIOISCE CON LUI. SE IL PERSONAGGIO PIANGE, VOGLIO VEDERE LACRIME VERE. PER AIUTARVI, PENSATE A UN EPISODIO DOLOROSO DELLA VOSTRA VITA.
MA IN PIÙ DI UN'OCCASIONE QUESTA SCELTA LE PROCURÒ DELLE NOIE CON LE FORZE DELL'ORDINE.
COSA SUCCEDE?
INFAME, IO TI AMMAZZO!
PRESTO, ANDIAMO A VEDERE!
BRIGADIERE, MA QUALE RISSA! IL COLTELLO È DI CARTONE, NON LO VEDETE? ORA FATECI IL PIACERE DI LASCIARCI LAVORARE, CHE ABBIAMO UNA CERTA FRETTA DI CHIUDERE LA SCENA.

QUASI SEMPRE LE PROTAGONISTE DEI FILM DI ELVIRA ERANO DONNE. MA **DONNE VERE**, CARICHE DI SENSUALITÀ, PASSIONALI E DETERMINATE, LONTANE ANNI LUCE DALLE FIGURE STILIZZATE DEI FILM DELL'EPOCA.
TIPICA FIGURA FEMMINILE DI FILM MUTO ITALIANO
TIPICA FIGURA FEMMINILE DI UN FILM DI ELVIRA NOTARI

LE AMBIENTAZIONI ERANO SEMPRE POPOLARI, ELVIRA RACCONTAVA LA VITA NEI BASSI DI NAPOLI, LE MISERIE DEI PESCATORI, LE INGIUSTIZIE SUBITE DALLA POVERA GENTE.

QUESTA ADESIONE ALLA REALTÀ DELL'ITALIA MERIDIONALE PROVOCAVA MOLTE CRITICHE SULLE RIVISTE DEL NORD.
«NO, IN NOME DI DIO, QUESTI SPETTACOLI NON DOVREBBERO MAI ESSERE REPLICATI IN UN TEATRO ELEGANTE, PER LA DIGNITÀ DEL NOSTRO CINEMA NAZIONALE! CHE ELVIRA NOTARI VADA A RASTRELLARE VONGOLE NEL PORTO DELLA SUA BELLA NAPOLI!»
NON TE LA PRENDERE, ELVÌ. LA DORA FILM PUÒ FARE A MENO DELLA LORO APPROVAZIONE.

ERA VERO. LE OPERE DI ELVIRA ERANO AMATISSIME DAL PUBBLICO. PER ALCUNE PELLICOLE LE SALE CINEMATOGRAFICHE FURONO COSTRETTE A ORGANIZZARE PROIEZIONI DALLE 9 DEL MATTINO FINO A NOTTE FONDA.
VITTORIA

IL PUBBLICO POPOLARE SI IMMEDESIMAVA COSÌ TANTO NELLE VICENDE RACCONTATE CHE IN QUALCHE CASO FINÌ PER CONFONDERE REALTÀ E FINZIONE. COME UNA VOLTA CHE UNO SPETTATORE VOLLE INTERVENIRE PER FAR FUORI IL CATTIVO.
TI SISTEMO IO!
BANG
BANG

LE PRODUZIONI DI ELVIRA EBBERO UN GRANDISSIMO SUCCESSO ANCHE PRESSO LE COMUNITÀ DI ITALIANI NEGLI STATI UNITI. ELVIRA E NICOLA APRIRONO UNA SEDE DELLA DORA FILM A NEW YORK.
FILMS DORA
MA PURTROPPO LA LORO AVVENTURA STAVA PER TERMINARE. NEL 1922 SALÌ AL POTERE BENITO MUSSOLINI.
NON TOLLEREREMO PIÙ NESSUNA OPERA CHE INDUGI NELLA RAPPRESENTAZIONE DI POVERTÀ, MISERIE E ALTRE SVENTURE. L'ITALIA È UN PAESE SANO E VIGOROSO!
MUSSOLINI NON TOLLERÒ MOLTE COSE. GLI OPPOSITORI POLITICI, AD ESEMPIO, E LE DONNE CHE SI RIFIUTAVANO DI ADEGUARSI AL MODELLO DELLA DONNA "ANGELO DEL FOCOLARE".
PER ELVIRA LA VITA SI FECE DURA...
SIGNORA NOTARI, PERCHÉ NON FA UN BEL FILM SULLE NOSTRE IMPRESE COLONIALI? STA SEMPRE A RACCONTARE DISGRAZIE...
NON DOVETE DIRMI VOI COSA RACCONTARE NEI MIEI FILM.
LA CENSURA FASCISTA IMPEDÌ L'ESPORTAZIONE DEI SUOI FILM IN AMERICA. MA ELVIRA CONTINUÒ A FARLI CIRCOLARE **CLANDESTINAMENTE**.
PAISÀ, HO L'ULTIMO FILM DELLA NOTARI.
INFINE FU COSTRETTA AD ARRENDERSI. PER IL SUO LAVORO NON C'ERA PIÙ SPAZIO. NEL 1930 CHIUSE LA DORA FILM E SI RITIRÒ A VIVERE IN UNA TRANQUILLA CITTADINA DI PROVINCIA.
DOPO ELVIRA CODA NOTARI L'ITALIA EBBE POCHE REGISTE DONNE. NELLE STORIE DEL CINEMA SCRITTE NEGLI ANNI SEGUENTI I SUOI 60 FILM FURONO ATTRIBUITI AL MARITO NICOLA. PER LUNGO TEMPO DI LEI FU DIMENTICATO ANCHE IL NOME.

NAWAL EL SAADAWI

(1931)

IL DITTATORE HOSNI MUBARAK COMANDÒ L'EGITTO PER 30 ANNI. NEL 2011 I GIOVANI E LE DONNE EGIZIANI SCESERO NELLE STRADE E FECERO CADERE IL REGIME. TRA LORO C'ERA ANCHE UNA SIMPATICA SIGNORA DI 80 ANNI DALLA CAPIGLIATURA CANDIDA E GLI OCCHI LUCCICANTI. LEI PER LA LIBERTÀ AVEVA LOTTATO UNA VITA INTERA, USANDO COME UNICA ARMA LA PENNA.

LA PRIMA PAROLA CHE NAWAL IMPARÒ A SCRIVERE FU IL SUO NOME, LA SECONDA IL NOME DI SUA MADRE. LI SCRIVEVA UNO DOPO L'ALTRO, COME FOSSERO UN NOME SOLO.
BRAVA NAWAL!
POI UN GIORNO IL PAPÀ LE SPIEGÒ CHE NON FUNZIONAVA COSÌ E CHE AL NOME PROPRIO DOVEVA FAR SEGUIRE IL NOME DEL PADRE, NON QUELLO DELLA MADRE.
MA PERCHÉ?
PERCHÉ QUESTA È LA VOLONTÀ DI DIO.
ALLORA NAWAL DECISE DI SCRIVERE UNA LETTERA A DIO PER PROTESTARE CONTRO TUTTE LE INGIUSTIZIE. ERA SEMPRE PER VOLONTÀ SUA INFATTI CHE IN OCCASIONE DELLE FESTE A LEI TOCCAVA IN REGALO UNA SOLA MONETA, MENTRE A SUO FRATELLO DUE!
CARO DIO, DOV'È LA TUA GIUSTIZIA SE PREFERISCI MIO FRATELLO CHE È UNO SCANSAFATICHE SOLO PERCHÉ È MASCHIO? DEVI ESSERE GIUSTO, ALTRIMENTI IO NON CREDERÒ IN TE.
NAWAL, NON PENSO CHE DIO ABBIA IL TEMPO DI LEGGERE LA TUA LETTERA.
QUANDO AVEVA 6 ANNI, SI PRESENTÒ IN CASA LA LEVATRICE E CON UN RASOIO AFFILATO LE MUTILÒ GLI ORGANI GENITALI. ACCADEVA A TUTTE LE BAMBINE EGIZIANE DELLA SUA ETÀ E ANCHE QUESTA ERA LA VOLONTÀ DI DIO.
O ALMENO COSÌ DICEVANO IN FAMIGLIA.
DAI DISCORSI DI NONNE E ZIE, NAWAL DEDUSSE ANCHE CHE IL DESTINO DELLE DONNE ERA IL MATRIMONIO, CHE IL MATRIMONIO ERA UNA SVENTURA E CHE QUESTA SVENTURA, NEANCHE A DIRLO, ERA VOLUTA DA DIO.
CHE FREGATURA!
IN EGITTO A QUEI TEMPI LE BAMBINE SI SPOSAVANO INTORNO AGLI 11 ANNI, MA NAWAL FU BRAVISSIMA A METTERE IN FUGA TUTTI I PRETENDENTI.

L'UNICA COSA CHE LE INTERESSAVA ERA STUDIARE.
MI DISPIACE, SIGNOR EL SAADAWI. SUA FIGLIA SA TENERE LA PENNA IN MANO, MA IO COSA ME NE FACCIO DI UNA MOGLIE CHE NON È CAPACE DI CUCINARE E DI MUNGERE LA BUFALA?
ANCHE LA FAMIGLIA DOVETTE RASSEGNARSI.
NAWAL TERMINÒ GLI STUDI CON IL MASSIMO DEI VOTI E SI ISCRISSE ALLA FACOLTÀ DI MEDICINA. NON ERA COSÌ COMUNE PER UNA GIOVANE EGIZIANA ALL'INIZIO DEGLI ANNI '50!
ALL'UNIVERSITÀ LA RAGAZZA SCOPRÌ DUE COSE NUOVE. LA PRIMA FU LA POLITICA. ERANO I TEMPI DELLE RIVOLTE CONTRO IL RE E CONTRO L'OCCUPAZIONE INGLESE. LA SECONDA FU L'AMORE.
ABBASSO IL RE!
ABBASSO GLI INGLESI!
DOPO LA LAUREA, NAWAL SI SPECIALIZZÒ IN PSICHIATRIA. AVREBBE POTUTO APRIRE UNA CLINICA PRIVATA E GUADAGNARE UN SACCO DI SOLDI, MA PREFERÌ TORNARE AL VILLAGGIO PER CURARE I POVERI E I CONTADINI.
COF COF
NEL 1972 PUBBLICÒ UN LIBRO CHE DESTÒ GRANDE SCALPORE. S'INTITOLAVA *DONNE E SESSO*.
EX
HO SCRITTO QUESTO LIBRO PER DENUNCIARE LA PRATICA DELLE MUTILAZIONI GENITALI FEMMINILI. DOBBIAMO INSEGNARE A DOTTORI E RELIGIOSI CHE LA VERA RELIGIONE NON TAGLIA GLI ORGANI ALLE RAGAZZE.
SBAM
DIPARTIMENTO DI MEDICINA SOCIALE
LE AUTORITÀ RELIGIOSE ISLAMICHE REPUTARONO IL TESTO PERICOLOSO PER LA MORALITÀ DELLE DONNE E NAWAL FU LICENZIATA IN TRONCO DAL MINISTERO DELLA SANITÀ.

LA SCRITTURA DIVENTÒ LA SUA PRINCIPALE ATTIVITÀ, MA LE SUE STORIE, IN CUI DENUNCIAVA L'OPPRESSIONE DELLE DONNE, ERANO MAL TOLLERATE DAL GOVERNO EGIZIANO.
MI DISPIACE, DOTTORESSA, NON SIAMO INTERESSATI AL SUO MANOSCRITTO.
AVETE TUTTI PAURA.
NAWAL COMINCIÒ A PUBBLICARE I SUOI LIBRI IN LIBANO E PRESTO FURONO TRADOTTI IN TUTTE LE LINGUE DEL MONDO.
UNA NOTTE DEL 1981 QUALCUNO BUSSÒ ALLA SUA PORTA.
È IN ARRESTO.
QUELLA NOTTE IL PRESIDENTE SADAT AVEVA FATTO ARRESTARE TUTTI I SUOI OPPOSITORI POLITICI. NEI SUOI ARTICOLI NAWAL LO AVEVA ACCUSATO DI FAVORIRE LE DISPARITÀ TRA RICCHI E POVERI.
GUAI A TE SE SCOPRO UNA PENNA IN CELLA. TI CONVIENE FARTI TROVARE CON UNA PISTOLA PIUTTOSTO!
NON C'È NULLA CHE GLI FA PIÙ PAURA DELLA VERITÀ. HAI UNA MATITA PER GLI OCCHI PER CASO?
CERTO!
OGNI NOTTE NAWAL SCRIVEVA CIÒ CHE LE STAVA ACCADENDO USANDO UNA MATITA PER GLI OCCHI E DELLA CARTA IGIENICA.
QUANDO, ALLA MORTE DI SADAT, FU LIBERATA, PUBBLICÒ LE SUE MEMORIE DAL CARCERE FEMMINILE E FONDÒ L'ASSOCIAZIONE INTERNAZIONALE DI SOLIDARIETÀ ALLE DONNE ARABE.
IN TUTTO IL MONDO LE DONNE VENGONO USATE COME SE FOSSERO OGGETTI. QUI SONO COSTRETTE A PORTARE IL VELO, IN OCCIDENTE A SPOGLIARSI.

I GUAI PER NAWAL NON ERANO FINITI. NEL 1991 IL SUO NOME FU INSERITO NELLA LISTA NERA DI UN'ORGANIZZAZIONE FONDAMENTALISTA. RISCHIAVA DI ESSERE UCCISA.
NON LE RESTAVA CHE L'ESILIO.
GRAZIE ALL'AIUTO DI UNA PROFESSORESSA STATUNITENSE, OTTENNE UN INCARICO ALLA DUKE UNIVERSITY. IL SUO CORSO SI INTITOLAVA *CREATIVITÀ E DISSIDENZA*.
NON SI PUÒ ESSERE CREATIVI SE SI HA PAURA. SIATE CORAGGIOSI. FATE OBIEZIONI A TUTTI, A DIO, A VOSTRO PADRE, AL PRESIDE. NON COMPORTATEVI BENE!
AVREI QUALCOSA DA OBIETTARLE, PROF!
ANCHE UNA VOLTA TORNATA IN EGITTO, LE PERSECUZIONI NON SONO MAI CESSATE. NEL 2001, PER ALCUNE DICHIARAZIONI RILASCIATE IN UN'INTERVISTA, NAWAL È STATA ACCUSATA DI AVER RINNEGATO LA RELIGIONE MUSULMANA.
IN NESSUNA PARTE DEL CORANO È SCRITTO CHE LE DONNE DEVONO INDOSSARE IL VELO, NÉ TANTOMENO CHE A LORO SPETTI LA METÀ DELL'EREDITÀ RISPETTO A UN MASCHIO.
RISCHIAVA IL DIVORZIO COATTO DAL MARITO, MA HA VINTO LA CAUSA, ANCHE GRAZIE ALLA SOLIDARIETÀ DEGLI INTELLETTUALI DI TUTTO IL MONDO.
QUANDO NEL GENNAIO DEL 2011 SONO INIZIATE LE PRIME MANIFESTAZIONI CONTRO IL REGIME DI MUBARAK, NAWAL NON HA AVUTO ESITAZIONI.
IL MIO POSTO È IN PIAZZA, INSIEME A QUEI RAGAZZI.
HO 80 ANNI E NON SONO STANCA DI LOTTARE. PRIMA O POI SAREMO LIBERI. NON DOBBIAMO PERDERE LA SPERANZA, PERCHÉ LA SPERANZA È POTERE.

ANTONIA MASANELLO

(1833-1862)

IL RISORGIMENTO ITALIANO NON FU SOLTANTO UN AFFARE DI UOMINI BARBUTI. L'ITALIA LIBERA E UNITA FU ANCHE OPERA DI MIGLIAIA DI DONNE CHE ORGANIZZARONO COMITATI, SCRISSERO, TRASMISERO INFORMAZIONI, CURARONO FERITI, PARTECIPARONO A BARRICATE E SOMMOSSE ARMATE. MA UNA SOLA COMBATTÉ NELL'ESERCITO DEI MILLE INSIEME A GARIBALDI.
IL SUO NOME ERA ANTONIA MASANELLO, DETTA TONINA OPPURE MASENELA.

LE DONNE DEL POPOLO TRAMANDARONO L'INCREDIBILE STORIA DI TONINA NEI FILÒ, I RACCONTI CHE SI FACEVANO LA SERA NELLE STALLE, INTORNO AL FUOCO.
FRA I TANTI EROI DELLA NOSTRA STORIA REGISTRAR DOVEMO LA MASENELA...
...PAR CONSERVAR VIVA LA MEMORIA DE STA GUERIERA DONA, FORTE E BELA.
ERA NATA IN UNA FAMIGLIA DI CONTADINI IN UN PICCOLO PAESE DEL VENETO, ALL'EPOCA SOTTO LA DOMINAZIONE AUSTRIACA.
A 15 ANNI PARTECIPÒ AI MOTI RIVOLUZIONARI DEL 1848 CONTRO IL GOVERNO STRANIERO.
POCO DOPO SPOSÒ BORTOLO MARINELLO, CON IL QUALE CONDIVIDEVA GLI STESSI IDEALI DI LIBERTÀ. LA POLIZIA ASBURGICA LI SORVEGLIAVA GIORNO E NOTTE.
NON POSSIAMO PIÙ VIVERE QUI. RISCHIAMO DI ESSERE ARRESTATI DA UN GIORNO ALL'ALTRO.
POTREMMO PASSARE IL CONFINE SUL PO E RAGGIUNGERE MODENA. ABBIAMO DEI FAMILIARI LAGGIÙ.

COSÌ SI TRASFERIRONO A MODENA. PER GUADAGNARSI DA VIVERE ANTONIA COSTRUIVA MASTELLI PER IL BUCATO. INTANTO LE ERA NATA UNA FIGLIA.
HO UNA GRANDE NOTIZIA!
TRA POCHI GIORNI GARIBALDI SALPERÀ DA GENOVA CON UN ESERCITO DI MILLE VOLONTARI DIRETTO NELL'ITALIA MERIDIONALE!
DOBBIAMO ASSOLUTAMENTE UNIRCI A LUI! LASCEREMO LA BAMBINA DAI CUGINI E PARTIREMO SUBITO.
PARTIRONO PER GENOVA, MA AL LORO ARRIVO LE NAVI DEI MILLE ERANO APPENA SALPATE.
FORTUNATAMENTE POCHE SETTIMANE DOPO FU ALLESTITA UNA NUOVA SPEDIZIONE PER RIFORNIRE I GARIBALDINI DI UOMINI E ARMI.
POSSIAMO UNIRCI A LORO. IO MI IMBARCHERÒ COME SOLDATO E TU COME INFERMIERA.
NO, BORTOLO, NON VOGLIO ESSERE DA MENO DI VOI UOMINI. MI ARRUOLERÒ ANCH'IO NELL'ESERCITO E DARÒ FINO IN FONDO IL MIO CONTRIBUTO ALLA CAUSA UNITARIA.
CHE SCIOCCHEZZE DICI, ANTONIA! SEI UNA DONNA, NON TI È PERMESSO COMBATTERE!
INVECE LO FARÒ. HO UN PIANO, MA TU DEVI AIUTARMI.
L'INDOMANI ANTONIA E BORTOLO SI PRESENTARONO ALL'IMBARCO.
LE VOSTRE GENERALITÀ.

BORTOLO MARINELLO. E LUI È MIO FRATELLO PICCOLO...
ANTONIO MARINELLO, SIGNORE.
COSÌ, SOTTO MENTITE SPOGLIE, ANTONIA SI UNÌ AI MILLE...
...E VESTÌ L'UNIFORME GARIBALDINA.
BERRETTO
FAZZOLETTO ROSSO
GIUBBA ROSSA
PANTALONI BLU
CARABINA
I DUE SPOSI RAGGIUNSERO GARIBALDI E I SUOI UOMINI IN SICILIA. DA LÌ ATTRAVERSARONO LO STRETTO DI MESSINA E RISALIRONO LA PENISOLA, VALICANDO GLI APPENNINI E BATTENDOSI CONTRO LE TRUPPE BORBONICHE.
ANTONIA CONDIVISE CON GLI ALTRI VOLONTARI OGNI ASPETTO DELLA VITA MILITARE. MONTÒ I TURNI DI GUARDIA...
...E COMBATTÉ IN PRIMA LINEA IN TUTTE LE BATTAGLIE.

SPESSO MOSTRÒ PIÙ CORAGGIO DEGLI UOMINI.
SMETTI DI FARE LA FEMMINUCCIA E TORNA SUL CAMPO! DOVRESTI PRENDERE ESEMPIO DA ANTONIO MARINELLO, LUI NON SI TIRA MAI INDIETRO!
LA LEGGENDA RACCONTA CHE UN GIORNO, NELL'ENFASI DI UNA BATTAGLIA, AD ANTONIA SFUGGÌ IL BERRETTO. GARIBALDI SI ACCORSE CHE ERA UNA DONNA...
UH...
UH!
...MA NON DISSE NULLA.
IL 7 SETTEMBRE 1860 LE CAMICIE ROSSE ENTRARONO VITTORIOSE A NAPOLI E GARIBALDI CONSEGNÒ AL RE VITTORIO EMANUELE II LA SOVRANITÀ SULL'EX REGNO DELLE DUE SICILIE. ANTONIA FU CONGEDATA CON ONORE INSIEME AGLI ALTRI VOLONTARI.
TI CONGEDO CON IL BREVETTO DI CAPORALE PER I TUOI MERITI DI GUERRA.
INSIEME A BORTOLO ANDÒ A FIRENZE, DOVE, SCONOSCIUTA A TUTTI, VISSE NELLA PIÙ CUPA POVERTÀ. A SEGUITO DELLE PENE SOFFERTE NELL'IMPRESA GARIBALDINA SI AMMALÒ GRAVEMENTE DI TISI.
COF
COF
MORÌ ALL'ETÀ DI 29 ANNI.
SOLO ALLORA UN GIORNALE LOCALE RIVELÒ LA SUA STORIA. AL SUO FUNERALE PARTECIPARONO CENTINAIA DI PERSONE, DONNE, GENTE DEL POPOLO, EX GARIBALDINI. TUTTI VOLLERO ONORARE "LA GUERRIERA DI GARIBALDI".
L'EPITAFFIO SULLA SUA TOMBA FU COMPOSTO DAL POETA FRANCESCO DALL'ONGARO.
ERA BIONDA, ERA BELLA, ERA PICCINA MA AVEA COR DI LEONE E DI SOLDATO. E SE NON FOSSE CHE ERA DONNA LE SPALLINE AVRIA AVUTE E NON LA GONNA E POSEREBBE SUL FUNEREO LETTO CON LA MEDAGLIA DEL VALOR SUL PETTO. MA CHE FA LA MEDAGLIA E TUTTO IL RESTO? PUGNÒ CON GARIBALDI E BASTI QUESTO.

MARIE CURIE

(1867-1934)

IL SUO *VOLTO* È APPARSO SULLE MONETE DI DUE PAESI, LE SONO STATI INTITOLATI UN ASTEROIDE E UN'UNITÀ DI MISURA. MA NON FU FACILE PER MARIE CURIE DIVENTARE LA PIÙ CELEBRE SCIENZIATA DI TUTTI I TEMPI. ALL'INIZIO DELLA SUA STORIA C'È SOLO UNA RAGAZZA POLACCA CON POCHI MEZZI E UN GRANDE AMORE PER LE SCIENZE: MARIA SKLODOWSKA O MANYA, COME LA CHIAMAVANO IN FAMIGLIA.

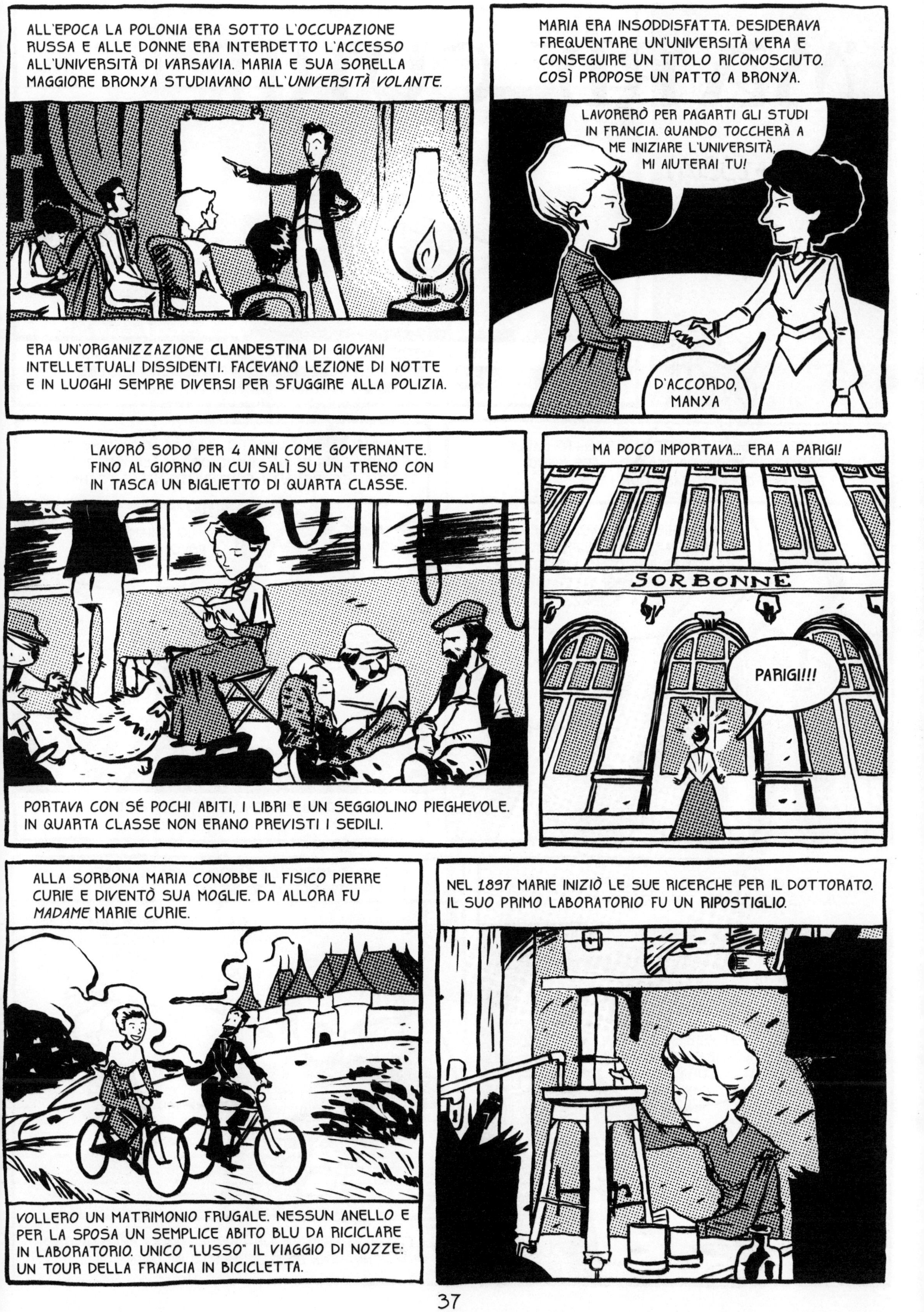
ALL'EPOCA LA POLONIA ERA SOTTO L'OCCUPAZIONE RUSSA E ALLE DONNE ERA INTERDETTO L'ACCESSO ALL'UNIVERSITÀ DI VARSAVIA. MARIA E SUA SORELLA MAGGIORE BRONYA STUDIAVANO ALL'*UNIVERSITÀ VOLANTE*.
ERA UN'ORGANIZZAZIONE **CLANDESTINA** DI GIOVANI INTELLETTUALI DISSIDENTI. FACEVANO LEZIONE DI NOTTE E IN LUOGHI SEMPRE DIVERSI PER SFUGGIRE ALLA POLIZIA.
MARIA ERA INSODDISFATTA. DESIDERAVA FREQUENTARE UN'UNIVERSITÀ *VERA* E CONSEGUIRE UN TITOLO RICONOSCIUTO. COSÌ PROPOSE UN PATTO A BRONYA.
LAVORERÒ PER PAGARTI GLI STUDI IN FRANCIA. QUANDO TOCCHERÀ A ME INIZIARE L'UNIVERSITÀ, MI AIUTERAI TU!
D'ACCORDO, MANYA
LAVORÒ SODO PER 4 ANNI COME GOVERNANTE. FINO AL GIORNO IN CUI SALÌ SU UN TRENO CON IN TASCA UN BIGLIETTO DI QUARTA CLASSE.
PORTAVA CON SÉ POCHI ABITI, I LIBRI E UN SEGGIOLINO PIEGHEVOLE. IN QUARTA CLASSE NON ERANO PREVISTI I SEDILI.
MA POCO IMPORTAVA... ERA A PARIGI!
SORBONNE
PARIGI!!!
ALLA SORBONA MARIA CONOBBE IL FISICO PIERRE CURIE E DIVENTÒ SUA MOGLIE. DA ALLORA FU *MADAME* MARIE CURIE.
VOLLERO UN MATRIMONIO FRUGALE. NESSUN ANELLO E PER LA SPOSA UN SEMPLICE ABITO BLU DA RICICLARE IN LABORATORIO. UNICO "LUSSO" IL VIAGGIO DI NOZZE: UN TOUR DELLA FRANCIA IN BICICLETTA.
NEL 1897 MARIE INIZIÒ LE SUE RICERCHE PER IL DOTTORATO. IL SUO PRIMO LABORATORIO FU UN **RIPOSTIGLIO**.

L'ANNO PRIMA IL FISICO BECQUEREL AVEVA SCOPERTO CHE L'URANIO EMETTE RAGGI CAPACI DI IMPRESSIONARE UNA LASTRA FOTOGRAFICA. MARIE TESTÒ VARI MINERALI PER VERIFICARE SE ALTRI ELEMENTI AVESSERO LA STESSA PROPRIETÀ.
SI CONCENTRÒ IN PARTICOLARE SU UN MINERALE RARO, LA PECHBLENDA, CHE PRESENTAVA UNA ELEVATA RADIOATTIVITÀ, E AVANZÒ L'IPOTESI CHE TALE PROPRIETÀ FOSSE DOVUTA ALLA STRUTTURA INTERNA DELL'ATOMO.
ERA UN'INTUIZIONE DI PORTATA EPOCALE PERCHÉ SUGGERIVA PER LA PRIMA VOLTA CHE GLI ATOMI POTESSERO ESSERE A LORO VOLTA COMPOSTI DA PARTICELLE PIÙ PICCOLE!
PIERRE RIMASE TALMENTE AFFASCINATO DALLE RICERCHE DI MARIE DA ABBANDONARE I SUOI STUDI PER COLLABORARE CON LEI.
HO CHIESTO A MIO PADRE DI OCCUPARSI DI NOSTRA FIGLIA DURANTE IL GIORNO. VORREI CHE TU TI DEDICASSI INTERAMENTE ALLA SCIENZA.
I CONIUGI CURIE GIUNSERO ALLA CONCLUSIONE CHE LE RADIAZIONI PROVENIVANO DA UN ELEMENTO DEL TUTTO SCONOSCIUTO CONTENUTO NELLA PECHBLENDA.
LO CHIAMEREMO POLONIO, IN ONORE DEL MIO PAESE.
DOPO POCO RILEVARONO LA PRESENZA DI UN ALTRO ELEMENTO SCONOSCIUTO: IL RADIO.
SCOPRIRONO ANCHE CHE IL RADIO EMETTEVA UN GAS CON VIRTÙ TERAPEUTICHE.
È CAPACE DI DISTRUGGERE I TESSUTI.
POTREBBE ESSERE UTILIZZATO NELLA CURA DEL CANCRO!
NEL 1903 ARRIVÒ LA CANDIDATURA AL NOBEL. PER PIERRE SOLTANTO.
COSA IMPORTA SE È UNA DONNA!? O RICONOSCETE IL CONTRIBUTO DI ENTRAMBI O È UNA FARSA RIDICOLA!
ALL'EPOCA ATTRIBUIRE UN PREMIO TANTO PRESTIGIOSO A UNA DONNA ERA SEMPLICEMENTE INCONCEPIBILE.

MA I CURIE LA SPUNTARONO.
ASSEGNIAMO IL NOBEL PER LA FISICA AI CONIUGI PIERRE E MARIE CURIE IN RICONOSCIMENTO DEI SERVIZI STRAORDINARI CHE ESSI HANNO RESO NELLA LORO RICERCA SUI FENOMENI RADIOATTIVI.
NOBEL
CON IL NOBEL ARRIVÒ PER PIERRE ANCHE LA NOMINA A PROFESSORE DELLA SORBONA.
SEMBRAVA L'INIZIO DI UN PERIODO DI PROSPERITÀ, MA DI LÌ A POCO UN TRAGICO INCIDENTE MISE FINE ALLA SUA VITA.
PER MARIE FU UN COLPO DURISSIMO, MA ERA UNA DONNA FORTE E ORGOGLIOSA. INOLTRE BISOGNAVA PORTARE AVANTI IL LAVORO INIZIATO INSIEME A PIERRE.
LO STATO FRANCESE HA STABILITO DI ASSEGNARTI UNA PENSIONE IN QUALITÀ DI VEDOVA DI UN ILLUSTRE SCIENZIATO...
NON HO BISOGNO DEL LORO AIUTO... SONO CAPACE DI PROVVEDERE DA SOLA A ME E ALLE MIE FIGLIE!
SUBITO DOPO ARRIVÒ L'OFFERTA DELLA SORBONA.
MADAME CURIE, LA NOSTRA UNIVERSITÀ SAREBBE ONORATA SE VOLESSE SUCCEDERE A SUO MARITO NELLA CATTEDRA DI FISICA.
MAI PRIMA D'ALLORA UNA DONNA AVEVA INSEGNATO NELLA PIÙ RINOMATA UNIVERSITÀ D'EUROPA.
NEL 1911 MARIE ELABORÒ UN PROCEDIMENTO PER ISOLARE IL RADIO E IL POLONIO ALLO STATO PURO. I DUE NUOVI ELEMENTI POTEVANO ENTRARE DI DIRITTO NELLA TAVOLA PERIODICA.
+2 +4 84 Po (208,9824) polonio
+2 88 Ra (226,0254) radio
QUESTA SCOPERTA LE VALSE UN SECONDO NOBEL, PER LA CHIMICA.
IN TUTTA LA STORIE DEI NOBEL SOLTANTO MARIE E UN ALTRO SCIENZIATO HANNO VINTO IL PREMIO DUE VOLTE IN DUE CAMPI DIFFERENTI.

DURANTE LA PRIMA GUERRA MONDIALE MARIE IDEÒ LE *PETIT CURIE*: AUTOMOBILI ATTREZZATE CON APPARECCHIATURE AI RAGGI X.
PETIT CURIE
IMPARÒ A GUIDARE E INSIEME ALLA FIGLIA IRÈNE SI RECÒ AL FRONTE PER ASSISTERE I SOLDATI FERITI CON LE SUE UNITÀ MOBILI.
NEGLI ULTIMI ANNI DELLA SUA VITA SI DEDICÒ INTERAMENTE ALL'INSTITUT DU RADIUM, UN ENTE SPECIALIZZATO NELLA RICERCA SUL CANCRO. ERA IL SUO OMAGGIO ALLA MEMORIA DI PIERRE.
NELL'ISTITUTO MARIE FAVORÌ SEMPRE LA PRESENZA DI RICERCATORI STRANIERI E DI DONNE.
E FURONO SOPRATTUTTO LE DONNE AD AIUTARLA QUANDO EBBE BISOGNO DI SOVVENZIONI PER LE SUE ATTIVITÀ.
COME SUFFRAGETTE D'AMERICA LANCEREMO UNA SOTTOSCRIZIONE PER L'ACQUISTO DI UN GRAMMO DI RADIO PER IL TUO ISTITUTO.
ALLA SCIENZA MARIE SACRIFICÒ LA SUA STESSA VITA. MORÌ NEL 1934 PER UN'ANEMIA PERNICIOSA, PROBABILMENTE CAUSATA DALLA PROLUNGATA ESPOSIZIONE ALLE RADIAZIONI.
ANCORA OGGI I SUOI SCRITTI SONO CUSTODITI IN AMBIENTI PROTETTI PERCHÉ CONTAMINATI.
NEL 1995 I CORPI DI MARIE E PIERRE FURONO TRASLATI E SEPOLTI NEL PANTHEON, IL MAUSOLEO CHE CUSTODISCE LE SPOGLIE DEGLI UOMINI ILLUSTRI DI FRANCIA...
AUX GRANDS HOMMES LA PATRIE RECONNAISSANTE
...E DI UNA DONNA: MARIA SKLODOWSKA, MANYA PER I SUOI CARI, *MADAME* CURIE PER IL RESTO DEL MONDO.
MARIE E PIERRE NON VOLLERO BREVETTARE NESSUNA DELLE LORO SCOPERTE AFFINCHÉ TUTTI GLI SCIENZIATI POTESSERO UTILIZZARLE GRATUITAMENTE.
LA SCIENZA DEVE ESSERE **LIBERA**, CON L'UNICO FINE DEL PROGRESSO E DEL BENESSERE DELL'UMANITÀ.

ALEKSANDRA KOLLONTAJ

(1872-1952)

LA VITA DELLA RICCA E NOBILE ALEKSANDRA DOMONTOVIC CAMBIÒ RADICALMENTE LA SERA IN CUI IL SERVO IGOR MORÌ. L'UOMO AVEVA TRASCORSO L'INTERA GIORNATA A LAVORARE NEI CAMPI, VESTITO CON L'UNICA CAMICIA CHE AVEVA, DURANTE IL GELIDO INVERNO RUSSO. QUELLA SERA ALEKSANDRA CAPÌ CHE I PRIVILEGI DEI RICCHI ESISTEVANO GRAZIE ALLO SFRUTTAMENTO DEI POVERI E DECISE CHE AVREBBE DEDICATO LA SUA VITA A COMBATTERE LE INGIUSTIZIE.

IL SUO PRIMO GESTO DI RIBELLIONE FU SPOSARE GIOVANISSIMA L'INGEGNERE KOLLONTAJ CONTRO IL VOLERE DELLA SUA FAMIGLIA, CHE AVEVA PIANIFICATO PER LEI UN VANTAGGIOSO MATRIMONIO D'INTERESSE.
UN VOLGARE INGEGNERE... COME PUOI FARCI QUESTO...
È LUI CHE AMO. E D'ORA IN AVANTI VOGLIO DECIDERE **LIBERAMENTE** DELLA MIA VITA.
DOPO IL MATRIMONIO, COMINCIÒ A LAVORARE NELLE ASSOCIAZIONI CLANDESTINE CHE OPERAVANO PER LA LIBERAZIONE DEL POPOLO RUSSO.
ALLA FINE DELL'OTTOCENTO LE CONDIZIONI DI VITA DI OPERAI E CONTADINI NELLA RUSSIA DELLO ZAR ERANO DURISSIME.
NEL 1899 ALEKSANDRA ADERÌ AL *PARTITO OPERAIO SOCIALDEMOCRATICO* CHE SI ISPIRAVA ALLE IDEE RIVOLUZIONARIE DI KARL MARX.
IL PROLETARIATO DEVE PRENDERE COSCIENZA DELLA SUA FORZA E ABBATTERE IL SISTEMA CAPITALISTA. SOLO COSÌ TUTTI GLI UOMINI SARANNO FINALMENTE LIBERI E UGUALI.
E ANCHE TUTTE LE **DONNE** DIREI!
LA QUESTIONE FEMMINILE LE STAVA PARTICOLARMENTE A CUORE. SI RENDEVA CONTO CHE LE DONNE ERANO DOPPIAMENTE SCHIAVIZZATE: NEL LAVORO E NELLA VITA MATRIMONIALE.
INSIEME AD ALTRE DONNE ORGANIZZÒ I PRIMI CIRCOLI DI OPERAIE.
MA LA LOTTA PER LA LIBERAZIONE FEMMINILE ERA MALVISTA ALL'INTERNO DEL PARTITO.
SENTI UN PO' COSA MI SCRIVE IL COMPAGNO LENIN: «CARA CLARA, HO SAPUTO CHE NELLE VOSTRE RIUNIONI DISCUTETE DI SESSO E MATRIMONIO. NON CREDO ALLE MIE ORECCHIE! QUESTE SONO OCCUPAZIONI PURAMENTE BORGHESI, PER LE QUALI NON C'È POSTO NELLA LOTTA DEL PROLETARIATO».
I COMPAGNI DOVRANNO CAPIRE CHE LA NOSTRA CAUSA NON HA BISOGNO DI DONNE SOTTOMESSE, MA LIBERE E RIBELLI.

INTANTO IL MATRIMONIO DI ALEKSANDRA ERA ENTRATO IN CRISI. IL MARITO NON TOLLERAVA IL SUO IMPEGNO POLITICO.
CERCA DI CAPIRE, NON È GIUSTO CHE UNA DONNA RINUNCI A SE STESSA IN NOME DELL'AMORE CHE PROVA PER UN UOMO.
COSÌ LO LASCIÒ.
LA LOTTA AVEVA ASSUNTO IL PRIMO POSTO NELLA SUA VITA. PENSAVA CHE LA LIBERAZIONE DEL PROLETARIATO E QUELLA DELLE DONNE DOVESSERO PROCEDERE DI PARI PASSO.
NELLA SOCIETÀ BORGHESE, FONDATA SUL POSSESSO, L'UOMO CONSIDERA LA DONNA COME UNA SUA PROPRIETÀ. NOI RIVENDICHIAMO IL DIRITTO DELLE DONNE DI AMARE LIBERAMENTE!
NEL 1908 LA POLIZIA DELLO ZAR LE FECE RECAPITARE UN ORDINE DI ARRESTO. RISCHIAVA UNA LUNGA DETENZIONE PER LA SUA ATTIVITÀ SOVVERSIVA.
L'UNICA ALTERNATIVA ERA L'ESILIO.
TRASCORSE MOLTI ANNI IN GIRO PER L'EUROPA E GLI USA. DOVUNQUE ORGANIZZAVA SCIOPERI E AGITAZIONI: DELLE CASALINGHE A PARIGI, DEI MINATORI IN BELGIO, DELLE OPERAIE IN INGHILTERRA.
STRIKE!
STREIK
GRÈVE!
IN RUSSIA LO ZAR STAVA REPRIMENDO DURAMENTE OGNI DISSENSO. I PRINCIPALI MEMBRI DEL PARTITO PREPARAVANO LA RIVOLUZIONE DAL CARCERE O DALL'ESILIO.
E CON TUTTO QUELLO CHE HAI DA FARE RIESCI A TROVARE ANCHE IL TEMPO PER GLI UOMINI?
SÌ, PURTROPPO! L'AMORE HA TROPPO SPAZIO NELLA VITA DELLE DONNE! PENSA A QUANTA ENERGIA SPRECHIAMO!
MA TU NON SAI RINUNCIARE...
CERTO CHE NO! APPENA UN UOMO PROVA A CONDIZIONARMI, MI ALLONTANO. POI PERÒ MI MANCA. È CHE VORREI UN COMPAGNO CHE MI CAPISCA FINO IN FONDO...

NEL 1917 ARRIVÒ LA NOTIZIA TANTO ATTESA: IL POPOLO RUSSO ERA INSORTO E AVEVA ABBATTUTO LO ZAR. ERANO STATE LE DONNE AD ACCENDERE LA PRIMA SCINTILLA DELLA RIVOLUZIONE, L'8 MARZO.
FATE PREPARARE UNA CARROZZA, PER FAVORE. VOGLIO PARTIRE SUBITO.
DA ALLORA L'8 MARZO FU SCELTO COME GIORNO COMUNE A TUTTI I PAESI DEL MONDO PER LE CELEBRAZIONI DELLA *GIORNATA INTERNAZIONALE DELLA DONNA*.
BENTORNATA NELLA RUSSIA LIBERATA, COMPAGNA ALEKSANDRA KOLLONTAJ.
SMACK!
ALEKSANDRA FU NOMINATA MEMBRO DEL COMITATO CENTRALE DEL PARTITO BOLSCEVICO...
...E MINISTRO PER L'ASSISTENZA SOCIALE. ERA LA PRIMA VOLTA NELLA STORIA CHE A UNA DONNA VENIVA AFFIDATO L'INCARICO DI MINISTRO!
LO STATO DOVRÀ FARSI CARICO DEL LAVORO DOMESTICO E DELLA MATERNITÀ PER CONSENTIRE LA PIÙ COMPLETA LIBERAZIONE DELLE DONNE.
LE DONNE OTTENNERO IL DIRITTO DI VOTARE E DI ESSERE ELETTE, UN SALARIO UGUALE A QUELLO DEGLI UOMINI, L'ASSISTENZA ALLA MATERNITÀ E LA LEGALIZZAZIONE DEL DIVORZIO E DELL'ABORTO.
SI TRATTAVA DELLA PIÙ AVANZATA LEGISLAZIONE IN MATERIA DI DIRITTI DELLE DONNE AL MONDO, MA ALEKSANDRA SAPEVA BENE CHE LE LEGGI DA SOLE NON BASTAVANO.
LE DONNE CONTINUANO AD ESSERE SCHIAVIZZATE IN FAMIGLIA. DOBBIAMO PROMUOVERE CON OGNI MEZZO LA LORO PARTECIPAZIONE ALLA VITA POLITICA.
A QUESTO SCOPO FONDÒ IN TUTTO IL PAESE CENTRI CHE PREPARAVANO LE DONNE AL LAVORO NELLE ISTITUZIONI PUBBLICHE.

NEL 1923 UNA RIVISTA PUBBLICÒ UNA SUA LETTERA IN CUI SOSTENEVA L'IDEALE DEL LIBERO AMORE PER I GIOVANI DI ENTRAMBI I SESSI. IL TITOLO ERA *LARGO ALL'EROS ALATO!*
«L'IPOCRITA MORALE BORGHESE DELL'AMORE CONIUGALE BASATO SUL POSSESSO DOVRÀ LASCIARE IL POSTO ALLA LIBERA UNIONE TRA INDIVIDUI UGUALI».
QUESTA DONNA È UN MOSTRO DI IMMORALITÀ!
LA STAMPA CONSERVATRICE ORCHESTRÒ CONTRO DI LEI UNA CAMPAGNA DI DIFFAMAZIONE E ANCHE LENIN, IL LEADER DEL PARTITO BOLSCEVICO, LA ACCUSÒ DI "ANARCHIA SESSUALE".
PER LA KOLLONTAJ FARE SESSO È SEMPLICE COME BERE UN BICCHIERE D'ACQUA QUANDO SI HA SETE!
CON L'ASCESA AL POTERE DI **STALIN**, L'UNIONE SOVIETICA SUBÌ UNA SVOLTA AUTORITARIA. LE DONNE PERSERO MOLTI DEI DIRITTI ACQUISITI E TORNARONO AL LORO RUOLO TRADIZIONALE ALL'INTERNO DELLA FAMIGLIA.
ALEKSANDRA FU INVIATA IN QUALITÀ DI AMBASCIATRICE PRIMA IN NORVEGIA, POI IN MESSICO E SVEZIA. PROBABILMENTE STALIN VOLEVA TENERLA LONTANA DAL PAESE.
TRASCORSE L'ULTIMA FASE DELLA SUA VITA IN SOLITUDINE SENZA MAI SMETTERE DI LAVORARE.
OGGI HO STRAPPATO AL GOVERNO NORVEGESE IL RICONOSCIMENTO UFFICIALE DELL'UNIONE SOVIETICA. PRESTO STIPULEREMO UN TRATTATO COMMERCIALE.
TUTTI I SUOI COMPAGNI E AMICI ERANO STATI UCCISI PER VOLERE DEL DITTATORE SOVIETICO.
NEL 1926 UN EDITORE TEDESCO LE PROPOSE DI PUBBLICARE LA SUA AUTOBIOGRAFIA. ALEKSANDRA DOVETTE AUTOCENSURARSI PER TIMORE DELLE RITORSIONI DI STALIN.
AUTOBIOGRAFIA DI UNA COMUNISTA SESSUALMENTE EMANCIPATA
AUTOBIOGRAFIA DI UNA COMUNISTA SESSUALMENTE EMANC
LA VERSIONE INTEGRALE DEL MANOSCRITTO FU DIVULGATA SOLTANTO NEL 1970.

GRÈVE!
STREIK

ALFONSINA MORINI STRADA

(1891-1959)

ALFONSINA ERA LA SECONDA DI DIECI FIGLI. SUO PADRE COLTIVAVA LA TERRA E SUA MADRE FACEVA LA BALIA. ERANO TALMENTE POVERI CHE I LORO BAMBINI NON AVEVANO NEANCHE UN GIOCATTOLO. UN GIORNO IL PADRE USCÌ DI CASA PORTANDO CON SÉ TRE GALLINE.

VADO A VENDERLE AL MERCATO!
TORNÒ DOPO UN PAIO DI ORE.
SONO RIUSCITO A RIMEDIARE SOLO QUESTA.
LA RAGAZZA E LA BICICLETTA DIVENTARONO INSEPARABILI. IN SELLA ALFONSINA SI SENTIVA LIBERA E FORTE.
OIBÒ! QUELLA LÌ È UN DIAVOLO IN GONNELLA!
SE FOSSI IO IL PADRE, LA FAREI CAMMINARE DRITTA!
ALL'EPOCA LA PASSIONE DI UNA DONNA PER LA BICICLETTA ERA RITENUTA UNA MANIFESTAZIONE DEL DIAVOLO!
COMINCIÒ A PARTECIPARE ALLE GARE DI PAESE. SPESSO BATTEVA I CONCORRENTI UOMINI.
GUARDATE COSA HO VINTO!
MIO DIO, COPRITI SUBITO! COSA PENSERÀ LA GENTE SE VAI IN GIRO VESTITA IN QUESTO MODO!
A 18 ANNI SEGUÌ FUORI GARA IL *GRAN PRIX* DI PIETROBURGO. LO ZAR NICOLA II NE RIMASE TALMENTE COLPITO DA REGALARLE UNA MEDAGLIA D'ORO.

NONOSTANTE I SUCCESSI, LA FAMIGLIA CONTINUÒ A DISAPPROVARE LA SUA PASSIONE PER LE DUE RUOTE.
LA TUA IDEA DI METTERLA A BOTTEGA DA UNA SARTA NON È SERVITA A NULLA. APPENA PUÒ SCAPPA IN BICICLETTA.
LA DAREMO IN SPOSA. A QUEL PUNTO DOVRÀ METTERE LA TESTA A POSTO PER FORZA!
COSÌ ALFONSINA PRESE MARITO. MA FIN DAL GIORNO DELLE NOZZE FU CHIARO CHE LE COSE NON SAREBBERO ANDATE COME AVEVANO IMMAGINATO I GENITORI...
IL TUO REGALO DI NOZZE!
ALFONSINA E SUO MARITO LUIGI STRADA SI TRASFERIRONO A MILANO, DOVE INIZIARONO GLI ALLENAMENTI SULLA NUOVA BICI DA CORSA.
TESTA BASSA E PEDALARE!
IL SOGNO DI ALFONSINA ERA PARTECIPARE AL GIRO D'ITALIA.
La Gazzo
SIGNORA, NON SE NE PARLA PROPRIO! LE DONNE NON SONO AMMESSE.
MA QUELL'ANNO LE ISCRIZIONI AL GIRO FURONO SCARSE E L'ORGANIZZATORE CI RIPENSÒ. ALFONSINA AVREBBE GAREGGIATO INDOSSANDO UN PAIO DI PANTALONI ALLA ZUAVA AL POSTO DEI CALZONCINI DA CICLISTA.
72
FU REGISTRATA CON IL NOME DI ALFONSIN STRADA. SOLTANTO ALLA PARTENZA TUTTI SI ACCORSERO CHE ERA UNA DONNA.

PER LA PRIMA VOLTA IN ITALIA UNA DONNA CORREVA IN UNA IMPORTANTE COMPETIZIONE MASCHILE. ERA IL 1924. NEL GIRO DI POCHI GIORNI DIVENTÒ LA BENIAMINA DEL PUBBLICO.
TIENI DURO! PUOI FARCELA!
ALFONSINA! ALFONSINA!
FORZA ALFONSINA!
ALL'EPOCA LE STRADE NON ERANO ASFALTATE, LE BICICLETTE PESAVANO 20 CHILI E NON AVEVANO IL CAMBIO. ALFONSINA PERCORSE REGOLARMENTE LE PRIME QUATTRO TAPPE DEL GIRO, PRECEDENDO MOLTI DEI SUOI COLLEGHI MASCHI. POI ARRIVÒ LA MALEDETTA TAPPA L'AQUILA-PERUGIA...
PIOVEVA A DIROTTO. ALFONSINA CADDE RIPETUTAMENTE. FORÒ E RIPARÒ PIÙ VOLTE.
ALL'ENNESIMA CADUTA LE SI SPEZZÒ IL MANUBRIO.
ACCIDENTI! CI MANCAVA SOLO QUESTA!
POSSIAMO SOSTITUIRLO CON QUESTO MANICO.
ARRIVÒ AL TRAGUARDO DI PERUGIA CON UN MANICO DI SCOPA AL POSTO DEL MANUBRIO. ERA FUORI TEMPO MASSIMO.
NELLA GIURIA SI ACCESE LO SCONTRO TRA CHI VOLEVA ESCLUDERLA DAL GIRO, COME PREVISTO DAL REGOLAMENTO, E CHI ERA FAVOREVOLE A LASCIARLA CONTINUARE.
IN CONSIDERAZIONE DEL CORAGGIO DIMOSTRATO FINORA, LA GIURIA CONSENTE AD ALFONSINA STRADA LA PARTECIPAZIONE, ANCHE SE FUORI GARA, ALLE SUCCESSIVE TAPPE DEL GIRO.

QUELL'ANNO SOLTANTO 30 CICLISTI SU 90 RIUSCIRONO A CONCLUDERE IL GIRO D'ITALIA. ALFONSINA FU TRA LORO.
VIVA ALFONSINA!
AVEVA PERCORSO 3618 CHILOMETRI IN DODICI TAPPE, DAL DIECI MAGGIO AL PRIMO GIUGNO.
NEGLI ANNI SUCCESSIVI NON LE FU PIÙ PERMESSO DI PARTECIPARE AL GIRO, MA LO SEGUÌ COMUNQUE PER LUNGHE TAPPE, STRINGENDO AMICIZIA CON CAMPIONI COME **COSTANTE GIRARDENGO**.
CORSE IN MOLTE ALTRE COMPETIZIONI IN DIVERSI PAESI EUROPEI. VINSE 36 VOLTE CONTRO COLLEGHI MASCHI E NEL 1938 A PARIGI BATTÉ IL RECORD FEMMINILE DELL'ORA CON 35,28 CHILOMETRI. AVEVA **47 ANNI**.
A MILANO MISE SU UN'OFFICINA PER LA RIPARAZIONE DELLE BICICLETTE.
TUTTI I GIORNI SI RECAVA A LAVORO CON LA SUA BICI DA CORSA.
FINCHÉ NON FU TROPPO STANCA PER PEDALARE E ALLORA COMPRÒ UNA MOTO. ANCHE IN QUESTO FU UNA **PIONIERA**.
DOPO L'IMPRESA DI ALFONSINA ANCHE IN ITALIA FURONO ISTITUITE GARE CICLISTICHE RISERVATE ALLE DONNE, MA LEI RESTÒ L'UNICA AD AVER PARTECIPATO AL GIRO D'ITALIA INSIEME AGLI UOMINI.
La Gazzetta dello Sport
UNA GRANDE CORSA E UN GRANDE CAMPIONE
Una donna al Giro
MORALE
Su quattro colli sotto la sferza della pioggia

ANGELA DAVIS

(1944)

PROVA A IMMAGINARE UN PAESE CHE SEPARA IL SUO POPOLO IN BASE AL COLORE DELLA PELLE. PROVA A IMMAGINARE UNA CITTÀ IN CUI UOMINI ARMATI GIRANO INCAPPUCCIATI LA NOTTE. IN QUESTA CITTÀ C'È UN QUARTIERE DOVE LE CASE DEI NERI VENGONO FATTE SALTARE IN ARIA CON LA DINAMITE. GLI ABITANTI LO CHIAMANO DYNAMITE HILL. IMMAGINA DI ESSERE NATO QUI E DEL COLORE SBAGLIATO.

DYNAMITE HILL. COSÌ CHIAMAVANO LA ZONA DI BIRMINGHAM, IN ALABAMA, IN CUI ANGELA TRASCORSE LA SUA INFANZIA.
SE ERI NERO A DYNAMITE HILL *VIVEVI* CON IL TERRORE CHE LA PROSSIMA *VOLTA* SAREBBE TOCCATO A TE. UNA DOMENICA DEGLI ANNI '60 TOCCÒ A QUATTRO BAMBINE IN UNA CHIESA.
ALL'EPOCA IN TUTTI GLI STATI UNITI D'AMERICA I NERI *VIVEVANO* SEGREGATI DALLA POPOLAZIONE BIANCA. SCUOLE SEPARATE, AUTOBUS SEPARATI, NEGOZI SEPARATI.
LOCALE RISERVATO AI MEMBRI DEL GRUPPO RAZZIALE BIANCO
GRAZIE A UNA BORSA DI STUDIO ANGELA POTÉ STUDIARE FILOSOFIA IN GERMANIA.
MA *VOLLE* TERMINARE IL CORSO IN AMERICA, PER ESSERE *VICINA* ALLE BATTAGLIE DEI SUOI FRATELLI E DELLE SUE SORELLE. IL POPOLO NERO D'AMERICA.
IN QUEGLI ANNI UN *VASTO* MOVIMENTO DI AFROAMERICANI CONTESTAVA LA SEGREGAZIONE RIVENDICANDO DIRITTI E POSSIBILITÀ UGUALI PER TUTTI.
PANTHER
POWER TO THE PEOPLE... THEN AND NOW
LOCALE RISERVATO AI MEMBRI DEL GRUPPO RAZZIALE BIANCO
FREEDOM FOR BLACK PEOPLE
AGAINST USA FASCISM
ANGELA ADERÌ AL *BLACK PANTHER PARTY*, UN'ORGANIZZAZIONE CHE UNIVA LA LOTTA CONTRO IL RAZZISMO A QUELLA PER LA LIBERAZIONE DELLE CLASSI SFRUTTATE.
LO STATO AMERICANO REAGÌ ALLE PROTESTE CON UNA FEROCE REPRESSIONE.
MOLTI DEI LEADER DEL MOVIMENTO FINIRONO IN CARCERE O FURONO UCCISI.
INTANTO ANGELA AVEVA OTTENUTO UNA CATTEDRA ALL'UNIVERSITÀ DELLA CALIFORNIA. I SUOI CORSI SULLA LETTERATURA NERA ERANO I PIÙ SEGUITI, MA L'INCARICO LE FU REVOCATO CON L'ACCUSA DI ESSERE COMUNISTA.
SÌ, È *VERO*, MA LE MIE IDEE POLITICHE NON SONO UN CRIMINE. I CRIMINALI SONO IL PRESIDENTE NIXON E IL GOVERNATORE REAGAN, CHE OPPRIMONO IL NOSTRO POPOLO.
INIZIALMENTE UN TRIBUNALE LE DETTE RAGIONE, POI FU LO STESSO REAGAN A INTERVENIRE PER ALLONTANARLA DALL'UNIVERSITÀ.

ANGELA NON SI LASCIAVA ZITTIRE. NEL 1970 SI SCHIERÒ IN DIFESA DEI *SOLEDAD BROTHERS*, DENUNCIANDO IL RAZZISMO DEL SISTEMA GIUDIZIARIO AMERICANO.
FLEETA DRUMGO
GEORGE JACKSON
JOHN CLUTCHETTE
I *SOLEDAD BROTHERS* ERANO TRE DETENUTI NERI INGIUSTAMENTE ACCUSATI DI AVER UCCISO UNA GUARDIA CARCERARIA.
DURANTE IL PROCESSO IL FRATELLO DI UNO DEI TRE, JONATHAN JACKSON, FECE IRRUZIONE IN AULA ARMATO E RAPÌ IL GIUDICE PRENDENDO IN OSTAGGIO GLI ALTRI MEMBRI DELLA GIURIA CON L'AIUTO DEGLI IMPUTATI.
NESSUNO PROVI A REAGIRE!
NELLO SCONTRO A FUOCO CON LA POLIZIA PERSERO LA VITA QUATTRO PERSONE, TRA CUI IL GIUDICE E LO STESSO JONATHAN.
BANG BANG
AVEVA 17 ANNI.
ANGELA ERA PROFONDAMENTE LEGATA A JONATHAN, MA NON EBBE IL TEMPO DI VERSARE UNA LACRIMA.
WANTED BY THE FBI
ANGELA YVONNE DAVIS
RISULTANO INTESTATE AD ANGELA DAVIS LE ARMI UTILIZZATE NELL'AZIONE.
ERA ACCUSATA DI COMPLICITÀ NELL'OMICIDIO E NEL RAPIMENTO DEL GIUDICE. RISCHIAVA LA **PENA DI MORTE**.
L'FBI LA INSERÌ NELLA LISTA DEI 10 CRIMINALI PIÙ PERICOLOSI DEL MONDO, SEBBENE NON AVESSE NESSUN PRECEDENTE. PER ANGELA INIZIÒ UN LUNGO PERIODO DI CLANDESTINITÀ.
VISSE NEL TIMORE DI ESSERE ARRESTATA O UCCISA.
LA POLIZIA, CON IL PRETESTO DI CERCARLA, SOTTOPOSE GLI ALTRI ATTIVISTI DEL MOVIMENTO A PERQUISIZIONI E VESSAZIONI.
E ALLORA? DOVE LA TENETE NASCOSTA?
DECINE DI RAGAZZE FURONO ARRESTATE PER IL SOLO FATTO DI SOMIGLIARLE.

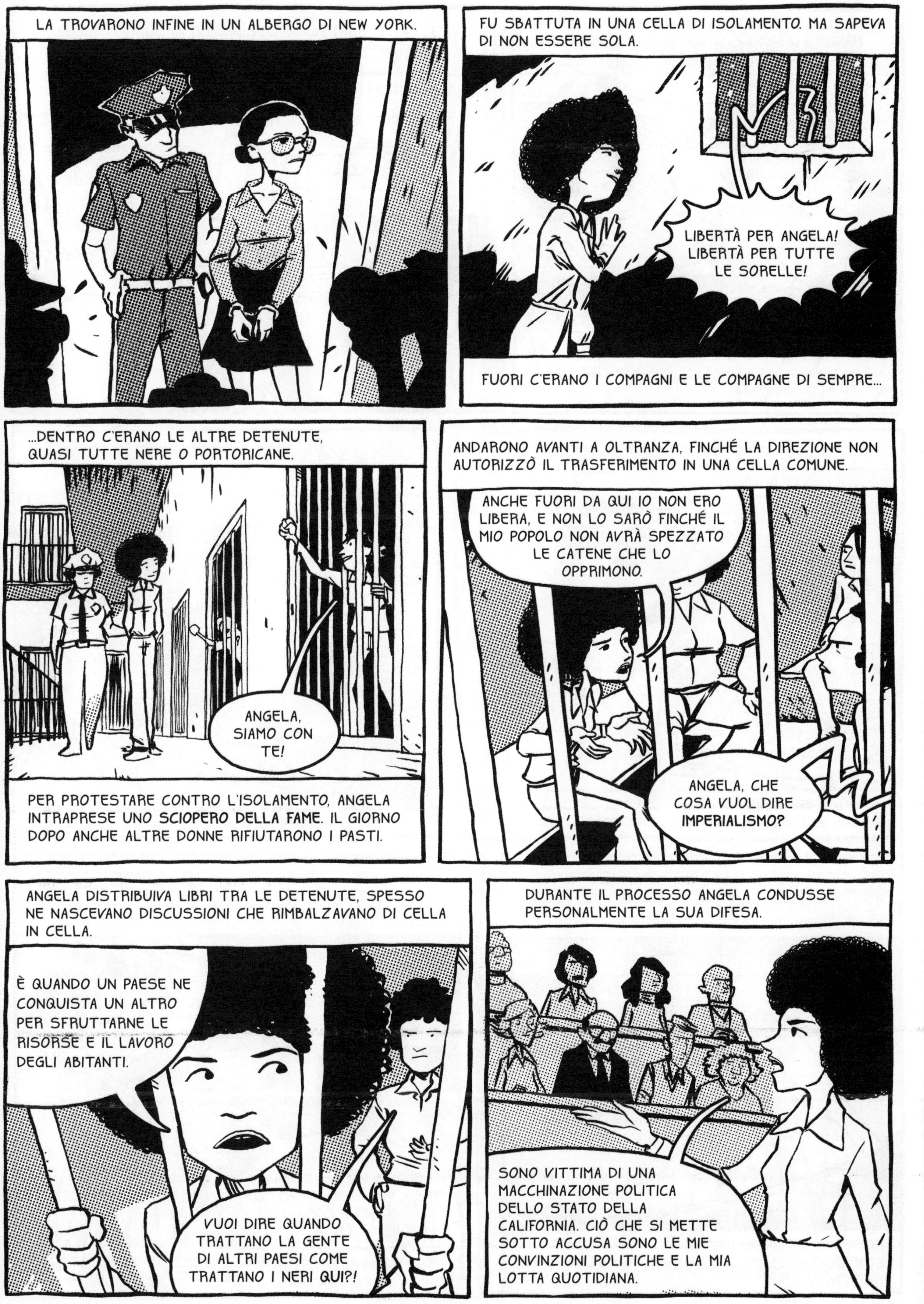
LA TROVARONO INFINE IN UN ALBERGO DI NEW YORK.
FU SBATTUTA IN UNA CELLA DI ISOLAMENTO. MA SAPEVA DI NON ESSERE SOLA.
LIBERTÀ PER ANGELA! LIBERTÀ PER TUTTE LE SORELLE!
FUORI C'ERANO I COMPAGNI E LE COMPAGNE DI SEMPRE...
...DENTRO C'ERANO LE ALTRE DETENUTE, QUASI TUTTE NERE O PORTORICANE.
ANGELA, SIAMO CON TE!
PER PROTESTARE CONTRO L'ISOLAMENTO, ANGELA INTRAPRESE UNO **SCIOPERO DELLA FAME**. IL GIORNO DOPO ANCHE ALTRE DONNE RIFIUTARONO I PASTI.
ANDARONO AVANTI A OLTRANZA, FINCHÉ LA DIREZIONE NON AUTORIZZÒ IL TRASFERIMENTO IN UNA CELLA COMUNE.
ANCHE FUORI DA QUI IO NON ERO LIBERA, E NON LO SARÒ FINCHÉ IL MIO POPOLO NON AVRÀ SPEZZATO LE CATENE CHE LO OPPRIMONO.
ANGELA, CHE COSA VUOL DIRE **IMPERIALISMO?**
ANGELA DISTRIBUIVA LIBRI TRA LE DETENUTE, SPESSO NE NASCEVANO DISCUSSIONI CHE RIMBALZAVANO DI CELLA IN CELLA.
È QUANDO UN PAESE NE CONQUISTA UN ALTRO PER SFRUTTARNE LE RISORSE E IL LAVORO DEGLI ABITANTI.
VUOI DIRE QUANDO TRATTANO LA GENTE DI ALTRI PAESI COME TRATTANO I NERI **QUI**?!
DURANTE IL PROCESSO ANGELA CONDUSSE PERSONALMENTE LA SUA DIFESA.
SONO VITTIMA DI UNA MACCHINAZIONE POLITICA DELLO STATO DELLA CALIFORNIA. CIÒ CHE SI METTE SOTTO ACCUSA SONO LE MIE CONVINZIONI POLITICHE E LA MIA LOTTA QUOTIDIANA.

INTANTO IN TUTTO IL MONDO SI TENEVANO MANIFESTAZIONI E SI FORMAVANO COMITATI PER LA SUA LIBERAZIONE.
IL SOLO CRIMINE DI ANGELA È QUELLO DI AMARE L'UMANITÀ E DI LOTTARE A RISCHIO DELLA VITA PER LA LIBERTÀ DI TUTTI. LIBERATE LA NOSTRA COMPAGNA! LIBERATE TUTTI I PRIGIONIERI POLITICI!
MOLTI INTELLETTUALI INTERVENNERO IN SUO FAVORE E ALCUNE STAR DELLA MUSICA SCRISSERO CANZONI PER LEI.
SISTER, YOU'RE STILL A PEOPLE TEACHER. SISTER, YOUR WORD REACHES FAR...
SHE'S A SWEET BLACK ANGEL, WOH, NOT A SWEET BLACK SLAVE.
IL 28 FEBBRAIO 1972 ARRIVÒ LA SENTENZA.
IL CASO N. 52613, "IL POPOLO DELLA CALIFORNIA CONTRO ANGELA DAVIS", È CHIUSO.
ANGELA ERA LIBERA. FUORI DAL CARCERE L'ATTENDEVANO NUOVE BATTAGLIE.
DA ALLORA SI INTERESSÒ SEMPRE PIÙ ALLA CAUSA DELLE DONNE NERE, METTENDO IN RELAZIONE OPPRESSIONE DI CLASSE, DI GENERE E DI RAZZA.
LA LIBERAZIONE DEI POPOLI RICHIEDE LA DISTRUZIONE DEL SISTEMA CAPITALISTA, DELL'IMPERIALISMO E DEL PATRIARCATO. LA RIVOLUZIONE NON POTRÀ CHE ESSERE **FEMMINISTA E ANTIRAZZISTA!**
NEGLI ANNI SUCCESSIVI CONTESTÒ I MOVIMENTI NERI DI ISPIRAZIONE ISLAMICA CHE DISCRIMINAVANO LE DONNE.
UOMINI, *VOI* SIETE UN GRADINO SOPRA LE DONNE, MA RISPETTATE IL SACRO UTERO CHE VI HA GENERATI!
COME NEL CASO DELLA MARCIA DI SOLI UOMINI CONVOCATA NEL 1995 A WASHINGTON DALLA *NATION OF ISLAM*.
OGGI ANGELA INSEGNA STORIA DELLA COSCIENZA ALL'UNIVERSITÀ DELLA CALIFORNIA E DIRIGE IL WOMEN INSTITUTE.
CONFLITTO
CLASSE
GENERE
RAZZA
NELLA LOTTA LA PROPRIA VITA PERSONALE E LA POLITICA DIVENTANO UNA SOLA COSA. HO DEDICATO LA MIA VITA A QUESTA BATTAGLIA, MA LA MIA VITA NE È PARTE INTEGRANTE.

CLAUDE CAHUN

(1894-1954)

NEL CANALE DELLA MANICA C'È UNA PICCOLA ISOLA DI NOME JERSEY. SULL'ISOLA DI JERSEY C'È UNA FATTORIA CHE GUARDA VERSO IL MARE. CI FU UN TEMPO, NON TROPPO LONTANO, IN CUI FU ABITATA DA DUE DONNE.
LA CHIAMAVANO *LA FERME SANS NOM*, LA FATTORIA SENZA NOME. INSIEME ALLE STRADE E ALLE SPIAGGE DI JERSEY FU TEATRO DI UNA STORIA DI AMORE, DI ARTE E DI GUERRA. UNA STORIA INIZIATA A NANTES NEI PRIMI ANNI DEL '900.

ERA IL 1910 QUANDO LUCY SCHWOB INCONTRÒ SUZANNE MALHERBE.
FU AMORE A PRIMA VISTA.
TU SEI L'ALTRA ME STESSA.
DECISERO DI ANDARE A VIVERE INSIEME A PARIGI.
LUCY SCRIVEVA, RECITAVA E FOTOGRAFAVA, SUZANNE ERA UN'ILLUSTRATRICE.
SI INSERIRONO NELL'AMBIENTE DELL'AVANGUARDIA ARTISTICA SURREALISTA...
MAN RAY
ANDRÉ BRETON
TRISTAN TZARA
MARCEL DUCHAMP
SALVADOR DALÌ
...DOVE NON FECERO MAI MISTERO DELLA LORO OMOSESSUALITÀ.
I SURREALISTI PARIGINI ERANO GENTE DI LARGHE VEDUTE. EPPURE ANCHE TRA LORO LUCY E SUZANNE DAVANO SCANDALO. PER LA LORO RELAZIONE E PER LO STILE ECCENTRICO CHE LUCY AMAVA SFOGGIARE IN PUBBLICO.
SI È VESTITA UN'ALTRA VOLTA COME UN UOMO!
E PER DI PIÙ CON QUEI CAPELLI TINTI D'ORO!
ALL'ULTIMO VERNISSAGE LI PORTAVA ROSA.

TRADIZIONALMENTE NEL MONDO ARTISTICO ALLE DONNE SPETTAVA IL RUOLO DI MODELLE E MUSE ISPIRATRICI.
MA LUCY NON ERA AFFATTO BELLA E PER NIENTE FEMMINILE...
...SOPRATTUTTO VOLEVA ESSERE LEI L'ARTISTA.
RIVENDICAVA IN OGNI OCCASIONE LA SUA AMBIGUITÀ SESSUALE.
MASCHILE? FEMMINILE? DIPENDE DAI CASI. NEUTRO È IL SOLO GENERE CHE MI SI ADDICE.
LUCY DECISE DI FIRMARE LE SUE OPERE CON LO PSEUDONIMO DI CLAUDE CAHUN. CAHUN ERA IL COGNOME DELLA NONNA PATERNA, DI ORIGINI EBREE.
E CLAUDE È UN NOME CHE IN FRANCESE È SIA MASCHILE CHE FEMMINILE.
NELLA SUA CARRIERA CLAUDE REALIZZÒ PIÙ DI 400 FOTOGRAFIE, QUASI TUTTI AUTORITRATTI CHE CREAVA INSIEME A SUZANNE. IN QUESTE IMMAGINI CLAUDE SI ESIBISCE IN MOLTEPLICI TRAVESTIMENTI. RAPPRESENTA UN'IDENTITÀ FEMMINILE CHE MUTA INCESSANTEMENTE, CHE NON SI LASCIA INCASELLARE.
NEL 1930 SCRISSE: "SOTTO LA MASCHERA UN'ALTRA MASCHERA. NON FINIRÒ MAI DI SOLLEVARE TUTTI QUESTI VOLTI".

NEL 1932 CLAUDE ADERÌ ALL'ASSOCIAZIONE DEGLI SCRITTORI E ARTISTI RIVOLUZIONARI.
L'ARTE DEVE AVERE UN RUOLO CONCRETO. DEVE ESSERE UNO STRUMENTO PER CAMBIARE LA SOCIETÀ.
IN EUROPA NEL FRATTEMPO SI STAVA AFFERMANDO IL NAZIFASCISMO.
QUANDO SCOPPIÒ LA SECONDA GUERRA MONDIALE CLAUDE E SUZANNE VIVEVANO A JERSEY GIÀ DA DUE ANNI.
POI UN GIORNO L'ISOLA FU OCCUPATA DALLE TRUPPE TEDESCHE.
FU ALLORA CHE LE DUE DONNE EBBERO L'IDEA DI ORGANIZZARE UN'AZIONE DI CONTROPROPAGANDA ARTISTICA. COMINCIARONO A PRODURRE E DISTRIBUIRE VOLANTINI CHE INVITAVANO LE TRUPPE TEDESCHE AD AMMUTINARSI. LI FIRMAVANO "IL SOLDATO SENZA NOME" E LI INFILAVANO NELLE TASCHE DEI CAPPOTTI AL BAR OPPURE NELLE AUTOMOBILI MILITARI.
CAFÈ
ARRIVARONO AD AFFIGGERE UN MANIFESTO IN CHIESA NEL GIORNO IN CUI SI CELEBRAVA IL FUNERALE DI UN SOLDATO TEDESCO.
GESÙ È MORTO PER I NOSTRI PECCATI, MA NOI DOBBIAMO MORIRE PER HITLER
I GENERALI NAZISTI NON RIUSCIVANO PIÙ A DARSI PACE. CLAUDE E SUZANNE, COMPLETAMENTE DA SOLE, RIUSCIRONO A TENERLI IN SCACCO PER TRE ANNI.
CERTAMENTE C'È UNA CELLULA DELLA RESISTENZA QUI A JERSEY.
DEVONO ESSERE TANTI E BEN ORGANIZZATI.

INFINE FURONO SCOPERTE.
MA SARÀ VERO CHE I CAPI SONO QUESTE DUE?
LA *FERME SANS NOM* FU PERQUISITA E LE FOTO DI CLAUDE DATE ALLE FIAMME.
IL PROCESSO SI CONCLUSE CON UNA CONDANNA. CLAUDE E SUZANNE ERANO RITENUTE A CAPO DI UN'ORGANIZZAZIONE SOVVERSIVA DI DONNE.
PENA DI MORTE.
MA ORMAI GLI ALLEATI ERANO VICINI. L'ISOLA FU LIBERATA PRIMA DELL'ESECUZIONE DELLA SENTENZA.
QUELLO STESSO GIORNO CLAUDE SI FECE RITRARRE SULLA PORTA DI CASA.
STRINGEVA TRA I DENTI L'AQUILA SIMBOLO DEL NAZISMO.
PER DECENNI CLAUDE CAHUN È RIMASTA SCONOSCIUTA. OGGI A JERSEY UN MUSEO RACCOGLIE CIÒ CHE RESTA DELLA SUA OPERA, CONSIDERATA ANTICIPATRICE DI TUTTA L'ARTE FOTOGRAFICA FEMMINILE DEL NOVECENTO.

DOMITILA BARRIOS DE CHUNGARA

(1937-2012)

«NON SONO UNA DONNA ECCEZIONALE, TUTTA LA FORZA CHE HO MI VIENE DAL MIO POPOLO», DICEVA SPESSO DOMITILA BARRIOS. MA TALVOLTA ACCADE CHE UN PICCOLO GESTO DI UNA PERSONA COMUNE POSSA CONTAGIARE UN POPOLO INTERO E CAMBIARE IL CORSO DELLA STORIA. FU COSÌ, GRAZIE ALL'INIZIATIVA DI DOMITILA E DI ALTRE TRE DONNE, CHE LA BOLIVIA INTRAPRESE LA STRADA DELLA DEMOCRAZIA.

DOMITILA VIVEVA NEL SIGLO XX INSIEME AL MARITO E AI FIGLI.
IL SIGLO XX ERA UN ACCAMPAMENTO COSTRUITO IN PROSSIMITÀ DELLE MINIERE DI STAGNO. L'IMPRESA MINERARIA ASSEGNAVA A OGNI MINATORE UN'ABITAZIONE PER SÉ E PER LA SUA FAMIGLIA. OGNI ABITAZIONE COMPRENDEVA UN'UNICA PICCOLA STANZA, SENZA ACQUA, NÉ SERVIZI IGIENICI.
IL MARITO DI DOMITILA LAVORAVA IN MINIERA. ERA UN LAVORO MOLTO DURO, CHE ESPONEVA GLI OPERAI AL RISCHIO DI CROLLI E GRAVI MALATTIE.
L'ASPETTATIVA MEDIA DI VITA PER UN MINATORE ERA DI 35 ANNI.
OGNI MATTINA DOMITILA SI ALZAVA ALLE 4 PER PREPARARE LE POLPETTE DI CARNE E PATATE, CHE POI VENDEVA IN STRADA, MENTRE FACEVA LA CODA PER PRENDERE L'ACQUA.
SALTEÑAS! SALTEÑAS CALDE!
ME NE DAI UNA?
IN QUEGLI ANNI I MINATORI ORGANIZZAVANO SPESSO PROTESTE PER OTTENERE MIGLIORI CONDIZIONI DI VITA E UN SALARIO PIÙ ALTO.
LE MINIERE ERANO NELLA MANI DI POCHI POTENTI LOCALI E DELLE MULTINAZIONALI STRANIERE. COSÌ LA MAGGIORANZA DELLA POPOLAZIONE VIVEVA IN POVERTÀ.
NEL 1963 DOMITILA DECISE DI ADERIRE AL COMITATO DELLE CASALINGHE, NATO PER SOSTENERE LE LOTTE DEI MINATORI.
NON POSSIAMO RESTARCENE CON LE MANI IN MANO MENTRE L'ESERCITO MASSACRA I NOSTRI COMPAGNI!
SÌ, È VERO, GLI UOMINI HANNO BISOGNO DEL NOSTRO AIUTO!

IN REALTÀ, GLI UOMINI NON LA PENSAVANO ESATTAMENTE COSÌ...
LE DONNE HANNO FORMATO UN FRONTE UNITARIO! AHAHAH! NON DURERÀ NEANCHE 48 ORE!
FINIRANNO PER LITIGARE TRA LORO COME AL SOLITO.
NON SOPPORTAVANO CHE LE MOGLI METTESSERO IN DISCUSSIONE IL TRADIZIONALE RUOLO DOMESTICO, PARTECIPANDO AD ASSEMBLEE E SCIOPERI.
TORNATENE A CASA A PULIRE!
MA DOVETTERO RICREDERSI. IL CONTRIBUTO DELLE DONNE SI RIVELÒ DETERMINANTE QUANDO SI TRATTÒ DI BATTERSI CONTRO I RINCARI DEL RISO E DELLO ZUCCHERO.
AVETE VISTO CHE L'UNIONE FA LA FORZA?
IN QUELLO STESSO PERIODO SULLE MONTAGNE DEL PAESE CHE GUEVARA STAVA CONDUCENDO LA GUERRIGLIA CONTRO IL DITTATORE BOLIVIANO RENÉ BARRIENTOS.
I MINATORI DEL SIGLO XX DECISERO DI ORGANIZZARE UN'ASSEMBLEA PER ESPRIMERE IL LORO SOSTEGNO ALLA GUERRIGLIA. LA SERA PRIMA DELLA RIUNIONE ERA LA FESTA DI SAN JUAN. TUTTI TRASCORSERO LA NOTTE A SUONARE, BALLARE E BERE.
IGNORAVANO CHE QUALCUNO ATTENDEVA NASCOSTO NELL'OSCURITÀ.

ALL'ALBA, QUANDO ORMAI TUTTI DORMIVANO, L'ESERCITO DI BARRIENTOS APRÌ IL FUOCO UCCIDENDO 400 PERSONE.
BANG BANG BANG BANG BANG BANG BANG BANG BANG BANG BANG BANG
FU IL PIÙ GRANDE MASSACRO DI LAVORATORI DELLA STORIA DELLA BOLIVIA.
DOMITILA SI SALVÒ, MA AI FUNERALI PRESE LA PAROLA CONTRO I MILITARI. ERA INCINTA DI 8 MESI.
COME POTETE MASSACRARE I LAVORATORI CHE SI SACRIFICANO PER IL BENESSERE DEL PAESE? SIETE DEI VIGLIACCHI!
IL GIORNO SEGUENTE I MILITARI SI PRESENTARONO ALLA SUA PORTA PER ARRESTARLA.
IN CARCERE FU SOTTOPOSTA A FEROCI TORTURE...
...E PERSE IL SUO BAMBINO.
MA QUESTO NON BASTÒ A ZITTIRLA. UNA VOLTA LIBERATA, TUTTI I GIORNI FECE SENTIRE LA SUA VOCE DAI MICROFONI DELLA RADIO DEI MINATORI.
MINATORE
CHI È IL NOSTRO PRINCIPALE NEMICO? LA DITTATURA? L'IMPERIALISMO? NO, RAGAZZI. È LA PAURA CHE È DENTRO DI NOI.

NEL 1975 FU INVITATA ALL'ONU, ALLA TRIBUNA INTERNAZIONALE DELLA DONNA, E PORTÒ ALL'ATTENZIONE DELLE FEMMINISTE DEI PAESI RICCHI DEL NORD LE CONDIZIONI DI VITA DEI POPOLI DEL SUD.
È PER QUESTO CHE VI DICO CHE NOI DONNE DOBBIAMO COMBATTERE INSIEME AGLI UOMINI PER ABBATTERE QUESTO SISTEMA DI SFRUTTAMENTO.
NEL 1978 DOMITILA E ALTRE TRE DONNE DIEDERO INIZIO A UNO SCIOPERO DELLA FAME.
CHIEDIAMO LA LIBERAZIONE DI TUTTI I LAVORATORI DETENUTI E L'INDIZIONE DI LIBERE ELEZIONI DEMOCRATICHE.
BEN PRESTO MIGLIAIA DI PERSONE IN TUTTA LA BOLIVIA SI UNIRONO ALLO SCIOPERO.
DOPO 23 GIORNI IL POPOLO SCESE NELLE STRADE E OCCUPÒ PIAZZE E PALAZZI ISTITUZIONALI.
NON C'ERA PIÙ MODO DI FERMARLI. LA DITTATURA ERA FINITA.
NEGLI ULTIMI ANNI DELLA SUA VITA DOMITILA FONDÒ LA SCUOLA MOBILE DI EDUCAZIONE POPOLARE CON LA QUALE RAGGIUNSE I VILLAGGI PIÙ ISOLATI DELLA BOLIVIA.
IL POPOLO BOLIVIANO DEVE ISTRUIRSI PER POTER GOVERNARE DA SOLO IL PAESE. SOLO COSÌ POTRÀ METTERE FINE ALLO SFRUTTAMENTO.
DOMITILA BARRIOS È MORTA, NEL 2012, PER UN CANCRO AI POLMONI. UNA MALATTIA COMUNE TRA GLI ABITANTI DEL SIGLO XX.
VOGLIO LASCIARE ALLE GENERAZIONI FUTURE L'UNICA VALIDA EREDITÀ: UN PAESE LIBERO E LA GIUSTIZIA SOCIALE.
LA BOLIVIA PROCLAMÒ UN LUTTO NAZIONALE DI TRE GIORNI PER ONORARE LA SUA MEMORIA.

FRANCA VIOLA

(1947)

FINO A NON MOLTO TEMPO FA IN ITALIA UN UOMO POTEVA STUPRARE UNA DONNA E CANCELLARE IL REATO CON UN MATRIMONIO RIPARATORE. SE LA VITTIMA ACCONSENTIVA A SPOSARLO, LO STUPRATORE EVITAVA LA DENUNCIA E IL PROCESSO. TUTTE LE DONNE STUPRATE ACCETTAVANO IL MATRIMONIO RIPARATORE PERCHÉ ALL'EPOCA UNA DONNA CHE NON ERA PIÙ VERGINE DIFFICILMENTE AVREBBE TROVATO UN MARITO. POI UN GIORNO ACCADDE CHE UNA RAGAZZA DI 17 ANNI DISSE DI NO.

AD ALCAMO, UN PAESINO DELLA SICILIA, VIVEVA UNA RAGAZZA DI NOME FRANCA. ERA FIGLIA DI DUE CONTADINI CHE SI GUADAGNAVANO IL PANE LAVORANDO OGNI SANTO GIORNO.
POICHÈ ERA MOLTO BELLA, SI INVAGHÌ DI LEI UN GIOVANE COMPAESANO, RICCO E POTENTE, FILIPPO MELODIA.
SALI, TI ACCOMPAGNO A CASA.
FILIPPO APPARTENEVA A UNA FAMIGLIA MAFIOSA DI ALCAMO. PER QUESTO IN CITTÀ ERA TEMUTO E RISPETTATO.
SE L'AVESSE SPOSATO, FRANCA AVREBBE CAMBIATO LA SORTE SUA E DELLA SUA FAMIGLIA.
TE L'HO DETTO MILLE VOLTE CHE DEVI LASCIARMI IN PACE.
INVECE LO RIFIUTÒ.
PER FILIPPO MELODIA ERA UN'UMILIAZIONE INSOPPORTABILE. DECISE DI RAPIRLA: ENTRÒ IN CASA CON SETTE UOMINI E, DOPO AVER PICCHIATO LA MADRE, PORTÒ VIA FRANCA.
LA TENNE SEGREGATA PER OTTO GIORNI.
LA TUA REPUTAZIONE È ROVINATA. MA TI FACCIO DIVENTARE MIA MOGLIE.
MI FAI SCHIFO.
INFINE LA VIOLENTÒ.

QUINDI MANDÒ UN EMISSARIO DAL PADRE DI FRANCA, BERNARDO VIOLA.
ORMAI TUA FIGLIA È DISONORATA, MA FILIPPO MELODIA È DISPOSTO A SPOSARLA. FACCIAMO UN BEL RICEVIMENTO DI NOZZE E METTIAMO TUTTO A POSTO. PER DEI POVERACCI COME VOI È UNA FORTUNA.
VA BENE, LA CONVINCERÒ IO. RIPORTATELA A CASA.
FILIPPO MELODIA E I SUOI COMPLICI TORNARONO INSIEME A FRANCA.
TUO PADRE CI HA PREPARATO LA FESTA DI FIDANZAMENTO.
MA AD ASPETTARLI TROVARONO UNA BRUTTA SORPRESA.
È UN VERO PIACERE INCONTRARLA, SIGNOR MELODIA
PICCIRIDDA!
FILIPPO MELODIA SI È DICHIARATO DISPONIBILE A SPOSARE LA RAGAZZA. SE ACCETTERETE, IL REATO VERRÀ ESTINTO E LA QUESTIONE SI RISOLVERÀ AMICHEVOLMENTE.
IO UNO CHE MI HA FATTO DEL MALE NON LO SPOSO.
FORSE VOI NON VI RENDETE CONTO DI COSA SIGNIFICA RIFIUTARE IL MATRIMONIO RIPARATORE. DOVRETE AFFRONTARE UN PROCESSO E L'OSTILITÀ DELLA GENTE.
MIA FIGLIA HA DECISO. ANDIAMO AVANTI CON LA DENUNCIA.
NON HO VERGOGNA, NON HO FATTO NULLA DI MALE. È LUI CHE SI DEVE VERGOGNARE.
ERA IL 1966. PER LA PRIMA VOLTA IN ITALIA UNA DONNA PORTAVA DAVANTI ALLA GIUSTIZIA L'UOMO CHE LE AVEVA USATO VIOLENZA.

SVERGOGNATA!
VUOLE ROVINARE I FIGLI NOSTRI!
LA FAMIGLIA VIOLA SUBÌ AVVERTIMENTI E INTIMIDAZIONI.
BERNARDO FU MINACCIATO DI MORTE, LA VIGNA FU DISTRUTTA E IL CASOLARE DI CAMPAGNA DATO ALLE FIAMME.
NONOSTANTE CIÒ, FRANCA NON CAMBIÒ IDEA E IL PADRE SI COSTITUÌ PARTE CIVILE NEL PROCESSO.
QUASI TUTTA LA COMUNITÀ DI ALCAMO SI SCHIERÒ CONTRO DI LEI.
LE DONNE DEVONO ESSERE UMILI E UBBIDIENTI. INVECE FRANCA VIOLA È UN'IMPUDENTE! MA TUTTO QUESTO POLVERONE CHE HA ALZATO LE SI RITORCERÀ CONTRO. RESTERÀ ZITELLA A VITA!
PER MESI FRANCA VISSE RECLUSA IN CASA, SORVEGLIATA DAI CARABINIERI, PER IL TIMORE DI RITORSIONI.
TUTTI I GIORNI UNA CAMIONETTA DELLA POLIZIA VENIVA A PRENDERLA E LA ACCOMPAGNAVA ALLE UDIENZE.
LA DIFESA DI MELODIA CERCÒ DI SCREDITARLA CON OGNI MEZZO.
NIENTE CI FU, LA RAGAZZA ERA CONSENZIENTE. ORGANIZZARONO INSIEME LA *FUITINA*. POI LEI CAMBIÒ IDEA, PER UN CAPRICCIO.
NON È VERO, IO ERO CONTRARIA. LUI MI PRESE CON LA FORZA.
IL PROCESSO EBBE UNA GRANDE ECO MEDIATICA. MOLTI GIORNALI PARLARONO DI FRANCA COME DI UN'EROINA CHE CON IL SUO GESTO CORAGGIOSO INAUGURAVA PER IL PAESE UN'EPOCA NUOVA.

FILIPPO MELODIA E I SUOI COMPLICI FURONO GIUDICATI COLPEVOLI.
L'IMPUTATO È CONDANNATO ALLA PENA DI ANNI UNDICI DI RECLUSIONE.
DOPO FRANCA MOLTE ALTRE DONNE TROVARONO IL CORAGGIO DI DENUNCIARE I PROPRI STUPRATORI.
NO AL MATRIMONIO RIPARATORE E AL DELITTO D'ONORE
IO NON SONO PROPRIETÀ DI NESSUNO
SIAMO TUTTE FRANCA VIOLA
MA SOLO NEL 1981 LA LEGGE ITALIANA ABROGÒ GLI ARTICOLI 544 E 587 DEL CODICE PENALE CHE, PER MEZZO DEL MATRIMONIO RIPARATORE E DEL DELITTO D'ONORE, LEGITTIMAVANO DI FATTO LA VIOLENZA SULLE DONNE.
FILIPPO MELODIA, UNA VOLTA USCITO DAL CARCERE, FU UCCISO A COLPI DI LUPARA IN UN AGGUATO DI STAMPO MAFIOSO.
FRANCA INVECE SPOSÒ L'UOMO CHE AMAVA E CHE LA RICAMBIAVA, GIUSEPPE RUISI.
DAVVERO VUOI SPOSARMI? ANCHE SE DOVRAI AFFRONTARE IL GIUDIZIO DELLA GENTE E LA VENDETTA DI QUEI DELINQUENTI?
FARÒ COME HAI FATTO TU, NON AVRÒ PAURA.
SI SPOSARONO NEL 1968. FRANCA PRETESE DELLE NOZZE IN PIENA REGOLA, CELEBRATE IN CHIESA E CON L'ABITO BIANCO.
IL PRESIDENTE DELLA REPUBBLICA FECE AGLI SPOSI UN REGALO A NOME DI TUTTI GLI ITALIANI.
LA VENDETTA ANNUNCIATA NON ARRIVÒ MAI. FRANCA ANCORA OGGI VIVE AD ALCAMO INSIEME AL MARITO E AI FIGLI, LONTANO DAI RIFLETTORI. SE LE CHIEDI DI RACCONTARTI LA SUA STORIA, TI RISPONDE COSÌ.
NON SONO UN'EROINA. HO SOLO SEGUITO IL MIO CUORE E FATTO QUELLO CHE SENTIVO. NULLA DI SPECIALE.

MIRIAM MAKEBA

(1932-2008)

DIVERSI SECOLI FA GENTE BIANCA VENUTA DALL'EUROPA OCCUPÒ LE REGIONI DELL'AFRICA, S'IMPOSSESSÒ DI TUTTE LE RICCHEZZE E RIDUSSE IN SCHIAVITÙ LA POPOLAZIONE NERA. IN SUDAFRICA I COLONI SI DIEDERO IL NOME DI AFRIKANER E NEL NOVECENTO ISTITUIRONO UNA SERIE DI LEGGI CHE CHIAMARONO APARTHEID. QUI, NEL 1932, NACQUE UNA BAMBINA DALLA PELLE COLOR EBANO E DALLA VOCE DI USIGNOLO.

MIRIAM VIVEVA IN UN SOBBORGO DI JOHANNESBURG DESTINATO AI NERI. PER LE LEGGI DELL'APARTHEID LE ERA VIETATO FREQUENTARE GLI STESSI LUOGHI DEI BIANCHI, SVOLGERE LE LORO PROFESSIONI E POTEVA SPOSTARSI SOLTANTO CON UNO SPECIALE LASCIAPASSARE.
MA AVEVA LA MUSICA.
LA MUSICA È UNA MAGIA, PENSAVA. LA MUSICA PUÒ FARE QUALSIASI COSA. ANCHE RENDERE FELICI I PIÙ DISPERATI DELLA TERRA.
IGQIRA LENDLELA NGUQONGQOTHWANE.
COMINCIÒ A ESIBIRSI NEI LOCALI PER NERI CON UN GRUPPO DI AMICI, SI FACEVANO CHIAMARE **CUBAN BROTHERS**, ANCHE SE A CUBA NESSUNO DI LORO CI ERA MAI STATO.
COME ON-A MY HOUSE, MY HOUSE, I'M-A GONNA GIVE YOU CANDY.
BEN PRESTO QUALCUNO LA NOTÒ.
SIGNORINA, LEI CANTA COME UN USIGNOLO. I MANHATTAN BROTHERS LA VORREBBERO NELLA BAND COME **VOCE SOLISTA**.
PROPRIO IO?
I MANHATTHAN BROTHERS ERANO IL COMPLESSO MUSICALE PIÙ FAMOSO DEL SUDAFRICA.
ANCHE SE PER LORO, ESSENDO NERI, LA VITA NON ERA AFFATTO FACILE. SPESSO VENIVANO FERMATI DALLA POLIZIA DI RITORNO DA UN CONCERTO...
SEGUITECI AL COMMISSARIATO.
CI RISIAMO...
...E PASSAVANO LA NOTTE IN CELLA, SEBBENE NON AVESSERO FATTO NULLA DI MALE.

NEL 1960, GRAZIE A UNA PICCOLA PARTE NEL FILM ANTI-APARTHEID *COME BACK, AFRICA*, MIRIAM VENNE INVITATA IN EUROPA.
VADO NELLA TERRA DELL'UOMO BIANCO. MA TORNERÒ PRESTO.
DOVEVA TRATTARSI DI UN VIAGGIO DI POCHI MESI.
A LONDRA MIRIAM CONOBBE HARRY BELAFONTE, IL "RE DEL CALYPSO", CHE LA PORTÒ CON SÉ NEGLI STATI UNITI D'AMERICA.
MALAIKA, NAKUPENDA MALAIKA, NAMI NIFANYEJE, KIJANA MWENZIO, NASHINDWA NA MALI SINA WE, OH, NINGEKUOA MALAIKA.*
*ANGELO, TI AMO, ANGELO MIO. COSA POSSO FARE SE NON HO DENARO. VORREI SPOSARTI, MA SONO POVERO, ANGELO MIO.
MIRIAM DIVENTÒ UNA STAR NEL GIRO DI POCHE SETTIMANE.
MISS MAKEBA, SI RENDE CONTO CHE SE DECIDESSE DI TORNARE IN SUDAFRICA LA MUSICA AMERICANA SUBIREBBE UNA GRAVE PERDITA?
NON CREDO... E COMUNQUE IL SUDAFRICA È LA **MIA CASA**.
MENTRE ERA NEGLI USA LE ARRIVÒ LA NOTIZIA DELLA MORTE DI SUA MADRE. DOVEVA PARTIRE SUBITO, MA AL CONSOLATO TROVÒ UN'AMARA SORPRESA.
IL SUO PASSAPORTO NON È PIÙ VALIDO.
NON VALIDO
NON CI POSSO CREDERE... MI STATE ESILIANDO!
IL GOVERNO SUDAFRICANO TEMEVA CHE POTESSE USARE LA SUA POPOLARITÀ PER DENUNCIARE GLI ORRORI DELL'APARTHEID. E FU PROPRIO QUELLO CHE MIRIAM DECISE DI FARE!
IN QUEGLI ANNI MOLTI PAESI AFRICANI SI RIBELLAVANO ALLA DOMINAZIONE STRANIERA E CONQUISTAVANO L'INDIPENDENZA. ANCHE IN SUDAFRICA ERA NATO UN MOVIMENTO NAZIONALE. IL LEADER, **NELSON MANDELA**, ERA STATO CONDANNATO ALL'ERGASTOLO.

NEL 1961 MIRIAM TENNE UN DISCORSO ALLE NAZIONI UNITE.
VI CHIEDO: RIMARRESTE IN SILENZIO SE FOSTE PRIVATI DI OGNI DIRITTO PER IL COLORE DELLA VOSTRA PELLE? NON VI RIVOLTERESTE? FACCIO APPELLO A VOI E A TUTTE LE NAZIONI DEL MONDO. FERMATE IL MASSACRO DELLA MIA GENTE.
PER REAZIONE IL GOVERNO SUDAFRICANO MISE AL BANDO I SUOI DISCHI.
IN COMPENSO ERA AMATISSIMA NEI PAESI AFRICANI LIBERATI. BEN OTTO GOVERNI LE CONCESSERO LA CITTADINANZA DIPLOMATICA.
DA OGGI È CITTADINA DELLA REPUBBLICA UNITA DI TANZANIA.
DURANTE I SUOI VIAGGI IN AFRICA MIRIAM IMPARAVA LE CANZONI POPOLARI LOCALI E LE FACEVA CONOSCERE IN TUTTO IL MONDO.
ORMAI NON ERA PIÙ SOLTANTO MIRIAM MAKEBA. PER TUTTI I POPOLI NERI ERA DIVENTATA *MAMA AFRICA*.
QUALSIASI COSA LEI CANTI, ANCHE UNA SEMPLICE CANZONE D'AMORE, DIVENTA IL GRIDO DI LIBERTÀ DI TUTTO UN POPOLO IN CATENE.
IN AFRICA CANTIAMO LE COSE CHE CI ACCADONO NELLA VITA DI TUTTI I GIORNI, SOPRATTUTTO QUELLE CHE CI FANNO PIÙ MALE.
NEL 1967 INCISE UNA CANZONE CHE FU UN SUCCESSO INTERNAZIONALE. SI INTITOLAVA *PATA PATA* E RACCONTAVA LA VOGLIA DI BALLARE DI UNA RAGAZZA NERA. DIVENTÒ LA CANZONE SIMBOLO DELLA LOTTA ALL'APARTHEID!
SAT WUGUGA SAT JU BENGA SAT SI PATA PATA.
NON ERA UNA CANZONE POLITICA. MA IN TEMPI DI OPPRESSIONE È RIVOLUZIONARIO ANCHE SOLO AFFERMARE IL PROPRIO DESIDERIO DI ESSERE FELICI.

L'ANNO DOPO MIRIAM SPOSÒ STOKELY CARMICHAEL, UN ATTIVISTA PER I DIRITTI DEI NERI D'AMERICA PARTICOLARMENTE INVISO AL GOVERNO STATUNITENSE.
DA QUANDO TI SEI SPOSATA VA TUTTO A ROTOLI. GLI ORGANIZZATORI HANNO ANNULLATO I TUOI CONCERTI E ANCHE LA CASA DISCOGRAFICA VUOLE RESCINDERE IL CONTRATTO.
SE L'AMERICA NON MI VUOLE PIÙ, SONO PRONTA A FARE LE VALIGIE.
MIRIAM LASCIÒ ANCHE LA SUA SECONDA PATRIA E SI TRASFERÌ IN GUINEA.
QUI NEL 1976 ACCOLSE ALCUNI STUDENTI CHE SFUGGIVANO ALLE PERSECUZIONI DEL GOVERNO SUDAFRICANO, A SEGUITO DEL MASSACRO DI SOWETO.
I GIOVANI NERI ERANO INSORTI ALLA PERIFERIA DI JOHANNESBURG E LA POLIZIA AVEVA UCCISO DIVERSE CENTINAIA DI MANIFESTANTI, TRA CUI MOLTI BAMBINI.
DOVETTE PASSARE ANCORA MOLTO TEMPO PRIMA CHE IL SUDAFRICA ABOLISSE L'APARTHEID. NEL 1990 NELSON MANDELA USCÌ DALLA PRIGIONE E CONVINSE MIRIAM A FARE RITORNO NEL SUO PAESE.
ERANO TRASCORSI 31 LUNGHISSIMI ANNI.
DAL 2005 AL 2008 MIRIAM INTRAPRESE UN TOUR DI ADDIO ALLE SCENE CHE LA PORTÒ IN TUTTI I PAESI CHE AVEVA VISITATO DURANTE LA SUA CARRIERA. L'ULTIMA TAPPA FU IN ITALIA, PER UN CONCERTO IN ONORE DI SEI MIGRANTI AFRICANI UCCISI DALLA CRIMINALITÀ ORGANIZZATA. FU LA SUA ULTIMA ESIBIZIONE. APPENA EBBE FINITO DI CANTARE SI ACCASCIÒ. MORÌ LÌ, IN UN PAESINO DEL SUD ITALIA, CASTELVOLTURNO.
I REMEMBER THOSE DAYS I PRAYED TO COME HOME AND I KNOW THAT SOMEDAY I'D BE HERE
TRA IL PUBBLICO QUELLA SERA C'ERANO COSÌ TANTI RAGAZZI AFRICANI CHE I SUOI FAMILIARI DISSERO CHE MIRIAM ERA MORTA IN AFRICA, TRA LA SUA GENTE.

HEDY LAMARR

(1914-2000)

C'È CHI PENSA CHE LE DONNE BELLE SIANO STUPIDE.
HEDY LAMARR ERA BELLA. BELLISSIMA.
LA DONNA PIÙ BELLA DELLA STORIA DEL CINEMA.
E STUPIDA NON LO ERA DI CERTO.
A LEI DOBBIAMO UN'INVENZIONE DI CUI TUTTI NOI
OGGI NON SAPREMMO PROPRIO FARE A MENO.

HEDY NACQUE A VIENNA DA UNA RICCA FAMIGLIA EBRAICA. DA RAGAZZINA NON SI RENDEVA CONTO DELLA SUA STRAORDINARIA BELLEZZA. ANCHE PERCHÉ LA MAMMA LE AVEVA AFFIBBIATO UN NOMIGNOLO TUTT'ALTRO CHE LUSINGHIERO.
COSA COMBINI BRUTTA ERBACCIA!?
TERMINATI GLI STUDI SUPERIORI, SI ISCRISSE ALLA FACOLTÀ DI INGEGNERIA, CON RISULTATI ECCELLENTI. INTANTO AVEVA COMINCIATO A RECITARE. NON FU FACILE SCEGLIERE FRA DUE CARRIERE TANTO DIVERSE!
MA ALLA FINE L'AMORE PER LA RECITAZIONE PREVALSE.
HEDY DIVENTÒ FAMOSA GRAZIE AL FILM DI UN REGISTA DI ORIGINE CECA CHE DESTÒ GRANDE SCANDALO: *ESTASI*.
IN UNA SCENA FACEVA IL BAGNO IN UN LAGHETTO COMPLETAMENTE NUDA. ERA IL 1933 E *ESTASI* FU CONSIDERATO IL PRIMO FILM EROTICO DELLA STORIA DEL CINEMA.
HEDY ERA AFFASCINANTE, DISINIBITA, AMBIZIOSA. NEL CORSO DELLA SUA CARRIERA INTERPRETÒ SEMPRE IL RUOLO DI DONNE FORTI E INDIPENDENTI, CAPACI DI VIVERE LIBERAMENTE LA PROPRIA SESSUALITÀ: UN MODELLO FEMMINILE MOLTO MODERNO PER I TEMPI!
L'ATTORE GEORGE SANDERS RACCONTÒ CHE QUANDO CONVERSAVA CON LEI NON RIUSCIVA A CAPIRE NULLA DI QUELLO CHE DICEVA PERCHÉ TROPPO IMPEGNATO A SEGUIRE LE INCANTEVOLI MOVENZE DELLE SUE LABBRA.
FORSE ACCADE QUESTO ALLE DONNE BELLE E INTELLIGENTI: NON INCONTRANO MAI UOMINI ALLA LORO ALTEZZA.

INFATTI HEDY CAMBIÒ BEN 6 MARITI, SENZA RIUSCIRE A TROVARNE UNO CHE LA SODDISFACESSE. IL PRIMO FU FRITZ MANDL, UN FABBRICANTE DI ARMI RICCO E POTENTE.
LA SECONDA GUERRA MONDIALE SI STAVA AVVICINANDO.
QUANDO HEDY SCOPRÌ CHE SUO MARITO SOSTENEVA LA CAUSA DI **HITLER** E DEL NAZISMO, NON LA PRESE TANTO BENE.
TU CON ME HAI CHIUSO!
LASCIATA LA CASA CONIUGALE, MENTRE IN EUROPA IMPERVERSAVANO LE PERSECUZIONI CONTRO GLI EBREI, FUGGÌ PRIMA A LONDRA...
...POI NEGLI STATI UNITI D'AMERICA.
QUI INCONTRÒ IL PRODUTTORE LOUIS B. MAYER E IN BREVISSIMO TEMPO SI AFFERMÒ COME UNA DELLE PIÙ GRANDI STELLE DI HOLLYWOOD, AMATA E OSANNATA DA MILIONI DI SPETTATORI IN TUTTO IL MONDO.
EPPURE, NONOSTANTE IL SUCCESSO, HEDY NON RIUSCIVA A DARSI PACE PER QUANTO ACCADEVA IN EUROPA. QUANDO GLI STATI UNITI SCESERO IN GUERRA CONTRO LA GERMANIA DI HITLER, MEDITÒ DI ABBANDONARE LA CARRIERA DI ATTRICE PER ANDARE A LAVORARE COME **INGEGNERE** PER IL MINISTERO DELLA DIFESA.

SIGNORA LAMARR, LASCI PERDERE L'INGEGNERIA. COME ATTRICE PUÒ ESSERCI DI MAGGIORE AIUTO.
FU LANCIATA UNA RACCOLTA FONDI PER FINANZIARE LA GUERRA: 25.000 DOLLARI PER UN BACIO DELLA PIÙ BELLA DEL CINEMA.
IN UNA SOLA SERATA HEDY RACCOLSE **7 MILIONI DI DOLLARI**.
INTANTO, LONTANO DAL ROMBO DEGLI AEREI E DAL FRAGORE DEGLI SPARI, LA VITA NEI SALOTTI DI LOS ANGELES CONTINUAVA. HEDY FREQUENTAVA I PIÙ GRANDI ARTISTI DELL'EPOCA.
TRA QUESTI IL MUSICISTA D'AVANGUARDIA **GEORGE ANTHEIL**, UN TIPO ALQUANTO ORIGINALE, CHE COMPONEVA I SUOI BRANI UTILIZZANDO 16 PIANOFORTI, SVARIATI CAMPANELLI ELETTRICI, SIRENE ED ELICHE DI AEROPLANO.
FU CANTANDO CON LUI CHE HEDY EBBE UN'INTUIZIONE **GENIALE**.
HO TROVATO IL MODO DI REALIZZARE UN SISTEMA RADIO PER COMANDARE A DISTANZA I SILURI SENZA FARSI INTERCETTARE DAL NEMICO! MA HO BISOGNO DEL TUO AIUTO.

I DUE SI MISERO SUBITO A LAVORO E, SINCRONIZZANDO TRA LORO I 16 PIANOFORTI DI GEORGE, ELABORARONO IL *FREQUENCY HOPPING SYSTEM*, UN SISTEMA DI COMUNICAZIONE CHE, SALTANDO DA UNA FREQUENZA ALL'ALTRA IN UN ORDINE CONOSCIUTO SOLO DAL MITTENTE E DAL DESTINATARIO, RENDEVA I MESSAGGI DIFFICILISSIMI DA INTERCETTARE.
Aug. 11, 1942.
H. K. MARKEY ET AL
SECRET COMMUNICATION SYSTEM
Filed June 10, 1941
2 Sheets-Sheet 1
SELECTOR
AMPLIFIER
DETECTOR
Inventor
Hedy Kiesler Markey
George Antheil
Lyon & Lyon
HEDY E GEORGE PRESENTARONO LA LORO INVENZIONE AL GOVERNO AMERICANO. ERA IL LORO CONTRIBUTO ALLA GUERRA IN CORSO! MA NON LI PRESERO SUL SERIO.
FORSE UNA DONNA BELLISSIMA E UN ARTISTA STRAVAGANTE APPARIVANO POCO CONVINCENTI COME SCIENZIATI. O FORSE ANCHE I FUNZIONARI DEL GOVERNO SI LASCIARONO DISTRARRE DALLE SINUOSE MOVENZE DELLE LABBRA DI HEDY E NON CAPIRONO NULLA. CHISSÀ!
SOLO VENTI ANNI DOPO L'INVENZIONE DI HEDY E GEORGE TROVÒ APPLICAZIONE IN AMBITO MILITARE E PIÙ TARDI ARRIVÒ NELLE NOSTRE CASE E NEI NOSTRI UFFICI.
BASTA GUARDARCI INTORNO: TELEFONI CELLULARI, WIRELESS, BLUETOOTH SI BASANO PROPRIO SUL *FREQUENCY HOPPING SYSTEM*!
IL VALORE DI SCIENZIATA DI HEDY FU DEFINITIVAMENTE RICONOSCIUTO NEL 1993, QUANDO LE FU ASSEGNATO L'OSCAR PER I PIONIERI DELLA SCIENZA.
HEDY ERA BELLA. LA PIÙ BELLA. E PER NIENTE STUPIDA.

ONORINA BRAMBILLA

(1923-2011)

LA STORIA DI ONORINA È LA STORIA DI UNA RAGAZZA CHE VOLEVA ESSERE FELICE E LIBERA E CHE AVEVA DENTRO COSÌ TANTA RABBIA DA SCEGLIERE DI LOTTARE. NON FU L'UNICA, CON LEI MIGLIAIA DI ALTRE DONNE SI BATTERONO CONTRO IL FASCISMO E IL NAZISMO. MOLTE FURONO IMPRIGIONATE, TORTURATE, VIOLENTATE, UCCISE. MA VINSERO. RACCONTIAMO LA STORIA DI ONORINA PER RACCONTARLE TUTTE.

ONORINA BRAMBILLA, NORI PER GLI AMICI, ERA NATA IN UNA TIPICA CASA DI RINGHIERA MILANESE. SUO PADRE ERA UN OPERAIO ANTIFASCISTA.
GIÀ DI RITORNO, PAPÀ?
HO RIFIUTATO DI PRENDERE LA TESSERA FASCISTA E MI HANNO LICENZIATO.
NONOSTANTE AMASSE STUDIARE, ALL'ETÀ DI 14 ANNI NORI DOVETTE ANDARE A LAVORARE COME DATTILOGRAFA IN UN'AZIENDA PER AIUTARE LA FAMIGLIA.
L'ITALIA ERA IN GUERRA AL FIANCO DI HITLER, MA L'8 SETTEMBRE 1943 FIRMÒ L'ARMISTIZIO CON GLI ALLEATI. I TEDESCHI, CON L'AIUTO DEI FASCISTI, OCCUPARONO MILANO E TUTTO IL NORD ITALIA.
IL RE FUGGÌ, MA TANTI ITALIANI SI NASCOSERO SULLE MONTAGNE PER ORGANIZZARE LA **RESISTENZA**.
VOLEVANO LIBERARE IL PAESE DA FASCISTI E TEDESCHI.
A 20 ANNI NORI ENTRÒ A FAR PARTE DEI GRUPPI DI DIFESA DELLA DONNA, CHE PROCURAVANO AI PARTIGIANI CIBO E INDUMENTI.
LA NOSTRA BANDIERA
CRONACHE DI GUERRA
NORI INOLTRE ERA ADDETTA ALLA STAMPA CLANDESTINA.
MA LE SAREBBE PIACIUTO BATTERSI **INSIEME** AGLI UOMINI.
STO PENSANDO DI SALIRE IN MONTAGNA. SO CHE MOLTE DONNE SI SONO UNITE ALLE FORMAZIONI COMBATTENTI.
NON TI RENDI CONTO CHE È PERICOLOSO? SE TI PRENDONO, C'È LA TORTURA.
MA NORI NON AVEVA PAURA. SI MISE IN CONTATTO CON IL COMANDANTE DEI GAP DI MILANO, GIOVANNI PESCE.
PERCHÉ SALIRE IN MONTAGNA? POTRESTI UNIRTI A NOI, ABBIAMO BISOGNO DI STAFFETTE.
I GAP ERANO I GRUPPI DI AZIONE PATRIOTTICA, SQUADRE DI PARTIGIANI CHE AGIVANO IN CITTÀ CON ATTENTATI E SABOTAGGI. NORI ACCETTÒ DI COLLABORARE CON LORO.

VENNE NOMINATA UFFICIALE DI COLLEGAMENTO.
AVRAI IL COMPITO DI TRASPORTARE LE ARMI NECESSARIE PER LE OPERAZIONI MILITARI.
SI TRATTAVA DI UN RUOLO DELICATISSIMO E MOLTO RISCHIOSO.
NORI SI SPOSTAVA NELLE STRADE DI MILANO PORTANDO IL SUO PREZIOSISSIMO CARICO NEL CESTO DELLA BICICLETTA.
SPESSO LE CAPITÒ DI ESSERE FERMATA DAI SOLDATI TEDESCHI E DALLE GUARDIE FASCISTE. NON LE MANCÒ MAI LA PRONTEZZA DI SPIRITO.
COSA PORTI LÀ DENTRO?
NON VEDETE? È LA SPESA. ASSAGGIATE UNA MELA, SONO OTTIME!
SOTTO LE BUSTE DELLA SPESA NASCONDEVA LE ARMI.
PARTECIPÒ ALLE OPERAZIONI PIÙ PERICOLOSE, COME LA "BATTAGLIA DEI BINARI", IL SABOTAGGIO DEI CONVOGLI FERROVIARI CHE PORTAVANO I PRIGIONIERI NEI LAGER. FU LEI A TENERE I CONTATTI TRA I FERROVIERI E I GAP.
STIAMO PREPARANDO UNA GROSSA AZIONE AL DEPOSITO DEI TRENI.
FATECI CONOSCERE TUTTI I DETTAGLI.
E FU SEMPRE LEI A TRASPORTARE LE 14 BOMBE CHE I GAPPISTI PIAZZARONO SULLE LOCOMOTIVE.
INTANTO CON GIOVANNI ERA SBOCCIATO L'AMORE.
CI PENSI A QUANDO TUTTO QUESTO SARÀ FINITO E POTREMO VIVERE LIBERI?
SARÀ PRESTO, NORI, MOLTO PRESTO.

MA IL PEGGIO DOVEVA ANCORA ARRIVARE. UN GIORNO UN PARTIGIANO PASSATO CON IL NEMICO LA TRADÌ.
LA PRESERO E LA PORTARONO NEL CARCERE DI MONZA, DOVE FU TORTURATA PER GIORNI DALLE SS.
PTÚ
BASTA CHE CI DICI DOVE SI NASCONDE IL TUO COMANDANTE E TI LASCEREMO LIBERA.
NORI NON DISSE UNA PAROLA.
INFINE LA CARICARONO SU UN CAMION E LA MANDARONO NEL CAMPO DI CONCENTRAMENTO DI BOLZANO.
SI TRATTAVA DI UN CAMPO DI TRANSITO, PRIMA DELLA DEPORTAZIONE NEI LAGER TEDESCHI.
NONOSTANTE LA FAME E LE DURISSIME CONDIZIONI DI DETENZIONE, I PRIGIONIERI RIUSCIRONO A MANTENERE I COLLEGAMENTI CON I PARTIGIANI.
MILANO SI È LIBERATA! PRESTO GLI ALLEATI SARANNO QUI!
NORI ERA TROPPO IMPAZIENTE PER ATTENDERE L'ARRIVO DEGLI AMERICANI. APPENA I TEDESCHI EBBERO LASCIATO IL CAMPO, SI MISE IN CAMMINO CON ALCUNI COMPAGNI. ATTRAVERSÒ A PIEDI I VALICHI ALPINI...

...E GIUNSE A MILANO.
FINALMENTE POTEVA RIABBRACCIARE IL SUO COMANDANTE.
CE L'ABBIAMO FATTA!
DUE MESI DOPO NORI E GIOVANNI ERANO MARITO E MOGLIE.
NEL 1946 SI SVOLSERO LE PRIME ELEZIONI LIBERE DOPO IL CROLLO DELLA DITTATURA FASCISTA. PER IL LORO CONTRIBUTO ALLA RESISTENZA LE DONNE OTTENNERO IL DIRITTO DI VOTO.
PER IL RESTO DELLA SUA VITA NORI SI DEDICÒ AL LAVORO NELL'ANPI, L'ASSOCIAZIONE DEI PARTIGIANI. GIRAVA NELLE SCUOLE PER FAR CONOSCERE AI GIOVANI I VALORI DELLA RESISTENZA.
NON SIATE CONFORMISTI. IL PAESE HA BISOGNO DELLA VOSTRA CARICA DI RINNOVAMENTO!
ALLE RAGAZZE E AI RAGAZZI LASCIÒ IN EREDITÀ LA SUA FORZA E LE SUE PAROLE.
ERAVAMO GIOVANI, CI SENTIVAMO BELLE, ALLEGRE. NON ERAVAMO INCOSCIENTI, SAPEVAMO DI CORRERE DEI RISCHI. MA VOLEVAMO UN'ITALIA DIVERSA, LIBERA, E NON C'ERA ALTRA SCELTA OLTRE A QUELLA DI RESISTERE E COMBATTERE.

INDICE CATTIVE RAGAZZE

OLYMPE DE GOUGES (1748-1793) 6
NELLIE BLY (1864-1922) 12
ELVIRA CODA NOTARI (1875-1946). 18
NAWAL EL SAADAWI (1931). 24
ANTONIA MASANELLO (1833-1862) 30
MARIE CURIE (1867-1934). 36
ALEKSANDRA KOLLONTAJ (1872-1952) 42
ALFONSINA MORINI STRADA (1891-1959) 48
ANGELA DAVIS (1944). 54
CLAUDE CAHUN (1894-1954). 60
DOMITILA BARRIOS DE CHUNGARA (1937-2012). 66
FRANCA VIOLA (1947). 72
MIRIAM MAKEBA (1932-2008) 78
HEDY LAMARR (1914-2000). 84
ONORINA BRAMBILLA (1923-2011) 90